Para Wilson, Wilsinho e, saudosamente, Maria Helena que me disse um dia: "Escreva sobre nós".

"Eles estão aqui, agora, ao meu lado, bem perto dessa mesa bamba que me serve de escrivaninha, à sombra da velha mangueira, carcomida por doenças, que me protege do terrível sol do meio-dia. Eles estão aqui, eu sei, estão todos aqui me olhando trabalhar neste livro. Sei que me observam. Eu sinto. Seus rostos roçam-me a nuca. Eles se inclinam com curiosidade por cima dos meus ombros. Eles se perguntam, levemente inquietos, como vou apresentá-los ao mundo, o que direi deles, eles que nunca deixaram esta terra desolada, que nasceram e morreram na mesma cidade[...]" - Dany Laferrière, País sem chapéu.

Mário Medeiros

Gosto de Amora

Contos

2ª reimpressão

Copyright © 2019 Editora Malê Todos os direitos reservados.
ISBN 978-85-92736-61-3

Capa: João Pinheiro
Editoração: Estela Meneghetti
Editor: Vagner Amaro
Revisão: Kaio Rodrigues

Texto revisado segundo o novo Acordo Ortográfico da Língua Portuguesa.
Proibida a reprodução, no todo, ou em parte, através de quaisquer meios.
Dados internacionais de catalogação na publicação (CIP) Vagner Amaro
CRB-7/5224

Dados internacionais de catalogação na publicação (CIP) Vagner Amaro
CRB-7/5224

M488g Medeiros, Mário
       Gosto de amora: contos / Mário Medeiros. – Rio de Janeiro:
       Malê, 2019.
       148 p.; 21 cm.
       ISBN 978-85-92736-61-3

       1. Conto brasileiro. I. Título
                                              CDD – B869.301

Índice para catálogo sistemático: Conto brasileiro B869.301

Todos os direitos reservados à Malê Editora e Produtora Cultural Ltda.
2019
www.editoramale.com.br
contato@editoramale.com.br

Sumário

Histórias de Meninos

Fábrica de Balas 9

Clássicos do Gênero 17

Chorões e Bananeiras 23

A estrada na mochila 41

Pau, panela, apito 47

A Exposição do Urso Panda 51

Sumidouro 57

Gosto de Amora 65

Homem em Janeiro

Menino a caminho 73

Geral 81

Figuração 87

Borracha 103

Meias de seda se esgarçando 121

Membro Fantasma 133

Homem em Janeiro 135

Histórias de Meninos

*O tempo não existe
Essa que é a graça*

Jards Macalé

Fábrica de Balas

Dez anos, dez longos anos se passaram, talvez, desde que apostara sua sobrevivência em, sem cerimônias, sentar ou deitar (preferia o primeiro) pontualmente entre onze e meia e meio dia na calçada, junto aos outros apostadores, e contar piadas, comentar o jogo e o ladrão do juiz do dia anterior, reclamar das mulheres ou assobiar para o belo par de pernas passando. Dez longos anos, talvez, até que descobrisse – fingia não saber? – que suas fichas estavam sempre perdidas e as cartas sempre marcadas, tanto quanto seu rosto, que provocava a curiosidade dos colegas, em saber se fora um acidente ou de nascença a pele retorcida e deformada do lado esquerdo, que lhe provocava um estranho sorriso sempre.

Dez anos sentando junto com os outros apostadores na calçada oposta aos muros e portões da fábrica, sem precisar brigar por seu lugar ao sol, uma vez que nenhum deles jamais saíra do lugar: nem eles nem o concreto que lhes servia de chão e consolo. Só o sol se movia.

Rubisnag ou Rubisnaga ou Rubensnag ou Rubenag ou Rubinag.

A pronúncia do nome era tão confusa quanto os motivos que haviam levado seus pais a lhe dar aquela *graça*. Na favela, a grande boca pequena sempre dizia: *É preto. Que se podia esperar? Preto, filho de migrante, neto de preto migrante, bisneto de escravos.* Era preto, e dele só se podia esperar que jogasse bem futebol sem tênis ou chinelo. Futebol era no pé, no campinho ou no barro ou no lodo da beira do córrego, artéria da favela. Era preto. O preto Rubi.

Era preto, e dele só se podia esperar que visse cadáver na porta de casa de manhã, ou que ouvisse tiro no meio da noite. E deveria ter mais pelo menos cinco irmãos, *já que* – como estava escrito no muro da creche – *se puta fosse flor, aquele lugar era um jardim*. Porque preto parece coelho: descuidou, brota mais *um*, morar em barraco, ouvir samba no radinho, ter pinto grande, ser fedido e ter boca suja, ver o pai bêbado batendo na mãe à noite, pois já tinha apanhado no bar à tarde, sem trabalho pela manhã. Era preto, e isso ficava evidente quando ia para a escola pública perto da favela. Calça Adidas surrada, que usava para dormir, camiseta meio encardida, cheiro de suor sem desodorante, cabelo duro, com bolinhas e pelos daquele cobertor cinza, de flanela usada; caderno com orelhas, espiral retorcida, lápis no toco, sem caneta, sempre pedindo um *teco* no lanche alheio. Ou tomava água para matar a fome. Não sabia escrever direito, não sabia desenhar (não como a professora queria), não sabia calcular, não sabia gramática, não sabia história ou ciências. E como era preto, seus professores também não sabiam se importar.

Era preto, o Rubi. E dele se podia esperar um palavrão a qualquer hora, *já que boca de preto*, diziam, *era igual privada entupida*. Preto feio, preto fedido, porém sempre atacante nos times da aula de educação física, pois, como era preto, sempre tirava 10. Mas nunca era capitão do time, já que era preto e não tinha cabelos esvoaçando no ar, loiros ou castanhos; nem deixava excitadas as jovens calcinhas da oitava série, que assistiam aos jogos e aos treinos nas arquibancadas da quadra.

Vale insistir que Rubisnag era preto. E com esse nome e sobrenome *Da Silva*, com algum outro nomezinho no meio, ele teve de deixar a escola na sétima série – à qual chegara a duras penas, sem saber ler ou escrever direito, ou mesmo sem ter tido um livro dentro de casa, bombando duas vezes a quinta série. Preto que era, aos quinze anos Rubi seguiu o caminho natural do seu bairro: saía às cinco e meia da manhã, atravessando a favela, passando por cima do córrego de merda, cumprimentando outros pretos e brancos e amarelos e manchados, apostadores e malandros, passando sobre a ponte que rangia sobre o córrego, o mesmo que um deputado um dia disse que... Bem, Rubi, o preto, sempre pensava naquele deputado ou vereador ou senador – ou até mesmo o corno filho de uma puta do presidente, que tinha ido à favela dizer que ia fazer ponte, estrada, construir casa e o escambau. Nunca mais voltou. Rubi rezava baixinho, desejando o melhor. Avião que caia, câncer no rabo, bala encontrada, fogo na casa. Não era muito.

Mas Rubi, o preto, caminhava às cinco e quarenta e cinco, saindo lá de baixo, do fim da rua, subindo o agora asfalto meio molhado, com água, com urina ou com sangue, estômago borbulhando na barriga, sol dando na cara. E de longe já ouvia as chaminés das fábricas. Sua velha calça Adidas manchada, seu tênis Bamba, a camiseta encardida, por baixo da blusa de flanela cinza, cobria o corpo sem banho. O gato queimou outra vez; quase pegou fogo no barraco. E tava frio pra cacete, também. Se despedia de outros corpos calibrados de média ou pinga, sem pão com manteiga para começar o dia.

Às vezes o Preto Rubi agradecia por não tomar café, porque no barraco da dona Maria Baiana, ela, a filha, o genro, o filho da filha dela, enfim, todo mundo parecia ter as tripas soltas à noite toda, fazendo tudo num buraco só. E como era o primeiro barraco ao lado do córrego que ficava perto da ponte por onde o Rubi passava... bom, como era o primeiro barraco, tinha uma espécie de escadinha por onde às cinco e quarenta e cinco, pontualmente, alguém jogava o líquido feito chocolate quente no córrego. Às vezes aquilo dava nojo no Rubi Preto e ele cuspia de lado. Antes, quase vomitava. Depois de dez anos, nem isso.

Preto Rubi – gostou do apelido, dado pela caixa da quitanda, que tentou comer depois – era alguém com sobrenome *Da Silva* e algum outro nomezinho no meio. Caso soubesse fazer conta direito, saberia que tinha vivido 3650 dias e que pelo menos três mil deles haviam sido sentando a bunda, como agora, naquele mesmo matinho sem vergonha, que insistia em crescer na calçada oposta à fábrica do cachorro do patrão. Patrão que não assinava carteira, não pagava as férias – quando dava féria –, e fazia com que o preto do Rubi tivesse vontade de enfiar no rabo da sua mãe aquele bolinho merda de maço de dinheiro, pelo qual ele agradecia com um sorriso amarelo todo santo dia 30. Quando recebia no dia. Preto Rubi, vinte e tantos anos vividos de forma obrigada.

Seis em ponto, o cheiro que sai da chaminé é enjoativo. Chega a doer seu estômago vazio, depois de queimar o nariz. Rubi empacotava as balas ou algo parecido. Como dizia o bosta do supervisor, *nada importava muito*, e ainda menos a função do Rubi, *que qualquer macaco podia fazer*: pegar os pacotinhos de bala na esteira e ensacar. Ou pegar as balinhas, ainda quentinhas do forno, e meter no plástico. Era essa a parte que mais gostava; podia, de vez em quando, enfiar a mão por dentro da cueca e meter um pelo no plástico. Doía, mas doía com gosto. Era a forma de se vingar; pelo menos ali o Rubi ficava feliz. Ninguém denunciava: a maioria silenciosa dos apostadores fazia o mesmo, quando o merdinha do supervisor, com a papeleta na mão anotando os tempos, não estava olhando.

Vez em quando, Rubi lembrava que tinha nascido no dia de Todos-os-Santos. Nessa hora pensava que nenhum santo deve ter quisto pôr seu nome na agenda como mais um afilhado. A velha brincadeira do *Todo mundo é Ninguém*. Na fábrica de balas, Rubi atendia pelo pomposo título de *Ajudante de Serviços Gerais,* o que no chão da fábrica significava: *Mais um merda* ou *Merda! Mais um?!,* dependendo de há quanto tempo a boca falante ou medrosa estava ali defendendo o seu.

Sentado ali, por mais um segundo de todos aqueles dez anos (e de todos os próximos dez que provavelmente viriam, se, como preto, não fosse assassinado na calada da noite na favela e se tornasse *superstar* dos *Aqui e Agora* e *Cidades Alertas* da vida), Rubi se esforçava para pensar em um meio de dar um fim àquela situação. Matando? Roubando? Sequestrando? *Pfff...* Àquela altura, todos os seus cagaços quanto a praticar um crime tinham dado no pé. Não era isso o que esperavam dele? Pois bem. Não era isso o que dava na TV o tempo todo? E também nos jornais, nos cartazes, nas propagandas – até mesmo naquelas porras de carinhas de crianças (brancas) chupando balas, que servia de cartaz para a fábrica – não era? Tudo o que é preto é ruim. Preto mata, preto fode, preto estupra, preto arregaça. O supervisor parava do lado da esteira, às vezes, sempre perto da páscoa, quando vendiam mais: *Quantos anjos pretos você já viu, Rubi? O demo?*

Será que deus era preto, com roupas, olhos e barbas pretas, ou usava aquela grande merda de roupas e barbas brancas com seus ridículos olhos azuis? Rubi nem se importava se era pecado pensar isso. Fazia tempo desde a última vez que pisara numa igreja: sempre se sentia mal nessas missas nas quais as pessoas te olham de cima a baixo, ou naquelas em que você tem de ficar nas últimas fileiras para não se sentir levando um tiro pelas costas ou alvo de risadas. Ele desistiu de rezar. Só pedia para o avião do senador, vereador ou deputado cair, explodir, se arregaçar no ar.

Ouviu o pastor dizer que só havia duas maneiras de se ganhar dinheiro nessa vida: trabalhando (a certa) ou roubando (a errada). Depois disso, Rubi imediatamente pensou em qual aquele cara tinha escolhido. Afinal, lá estava ele, no altar, com seus adereços dourados, distribuindo sorrisos e afagos para aqueles que tinham mais dinheiro – e sempre contribuíam com a eterna reforma da igreja e com as festas mensais, indo embora do culto num dos últimos modelos do carro do ano.

A FÁBRICA DE BALAS.

Não era nada, e Rubi sabia disso. Nem ele nem ela eram nada. Uma fábrica velha, feia, suja, fedida, cuja chaminé – preta, para variar – deixava sair aquele cheiro doce e enjoativo, impregnando todos os cantos, todos, todas as roupas, todos os narizes. Pelo menos numa coisa todos ali eram iguais: sentiam a mesma droga de cheiro. Mesmo o patrão e seu ar condicionado. Mesmo o supervisor e sua colônia barata.

Sentado naquela mesma porcaria de calçada, junto a seus outros companheiros, pensando nisso agora, Rubi deixou passar um leve sorriso – talvez verdadeiro, talvez fruto de sua deformidade, nunca se soube. Rasgo no rosto, cicatriz de fora a fora, sorriso estranho retorcido. Na sequência, ao entrar na fábrica, se lembrou, erguendo-se com os outros corpos mortos, da grande encrenca:

Produzia balas que não podia chupar, balas que não podia pagar no mercadinho de merda ali perto da favela (a não ser quando as recebia de troco, fato raro, pois sempre tinha o dinheiro contado). É verdade! Preto Rubi sempre pensava nisso. E era nesse momento que também agia, assim como os outros, colocando um pedaço seu naquele gosto doce e enjoativo, um belo tufo de pelo preto, do saco preto seu. E sorria. Suava. Doía. E sorria.

Clássicos do Gênero

Ao som de *Star People*, de Miles Davis.

A velha senhora se resignava a cerzir o tricô enquanto as luzes do centro se acendiam e as do Tribunal, logo em frente, se quedavam ante a saída furiosa dos carros e as conversões perigosas ali na esquina. Como todos os dias, enquanto ela cerzia ou consultava as revistas de artistas, os indecisos, os decididos e os incertos se aproximavam, paravam no mesmo ponto e observavam, tanto ela como as paredes. Alguns nunca ultrapassavam aquele ponto bem definido da calçada. Outros, clientes antigos, com hábitos velhos e conhecidos. Solitários, maltrapilhos, bem-vestidos, bem nascidos, danados, cansados, cabuladores, amantes, casados, namorados, velhos, maquiados, disfarçados, arrogantes, sérios, bêbados, extravagantes, murmurantes, ruidosos, atropelantes, cautelosos, trabalhadores, vagabundos, canalhas, corruptos, prostitutos, honestos, pingentes, pais de família, moças prendadas, moralistas, juízes, ateus, católicos, protestantes, judeus, evangélicos, umbandistas, animistas, socialistas, anarquistas, comunistas, racistas, homofóbicos, direitistas, progressistas.

No correr da catraca não tinha distinção. Primeira lição. Primeira regra.

De tarde, a calçada já era lavada e alguns olhares a perguntavam silenciosamente o de sempre. E respondia, no começo, o de costume. *A crise, a aposentadoria pouca, os netos pra criar.* Mas os anos passam, a crise passa, os netos crescem, a aposentadoria permanece pouca, sempre, claro. E então passa a ser um trabalho como qualquer outro. E a calçada passa a ser como qualquer outra. E os letreiros, e os clientes, e as luzes, e os títulos, e as cadeiras, e os objetos no chão, e os sons da sala, e as imagens na tela e tudo e tudo e tudo e tudo e tudo e tudo o mais, rotina. Clássicos do gênero.

O homem parado no ponto exato da calçada era cliente antigo. Começou garoto a ir lá. Fugido sabe Deus de onde. Não era do colégio, não era de casa. Vez ou outra na semana, dava de parar ali. Feio, feio desde criança. Mirrado, amarelo, cara de doente, desde garoto. Desde a primeira vez que o viu, pensou um *Esse aí, só pagando mesmo.* Não que a entrada fosse cara. É que alguns dos outros clientes iam lá só para dormir, quando arranjavam uns trocados. Maltrapilhos, sujos.

Regra número dois: origem? Dinheiro não tem origem. Nem cheiro, nem cor, nem gosto, nem hora. Chegou, pagou, entrou. Quem não podia, arrumava o cobertor, dormia na frente, sob a marquise. Sempre no frio. Nada de confusão, ninguém se arriscava. O palácio da justiça, logo em frente. Bem como os guardinhas, *os hômi* que, vez em quando, também davam uns pulos por lá. *Carne é fraca.*

Sessão a noite inteira. Clássicos do gênero. Para todos os gostos. Homem com homem? Homem com galinha, égua, melancia? Mulher com mulher? Mulher com cavalo, com cachorro, com papagaio? Ela nunca viu, *que era velha demais pra essas coisas, valha-me Deus!* Cada sessão com sua gente. Para todos os gostos.

Os meninos chegavam sempre acompanhados de outros meninos ou meninas. Gritando, pulando, falando alto. Vez ou outra, vinha assunto: *Ai, Dona Santa...* Dona Santa de lá, Dona Santa de cá. E ela, que não era santa, que não tinha a graça nem no nome, entre uma agulhada e outra soltava um *Ai, meu filho...* Foi assim que ela ficou sabendo que papagaio fanho era o mesmo que canguru perneta; que o PM do bigode loiro tinha três filhos pequenos, uma tatuagem na coxa direita e um pau enorme, *precisava ver!*; que a mãe do Rafaela morava em Aracaju e pensava que o filho tinha subido na vida. A piada é que ele tinha sentado no colo da vida e disse *Ai, ai, meu bem! Assim dói!*; que estava todo mundo com medo da doença sempre, daquela tal que não era bom nem dizer o nome, e que agora, *pra ficar segura, pra ter donde dormir, só com examezinho no Hospital, atestado e tudo.* Eram os mais divertidos. Traziam bolo, guaraná, flores. Alguns diziam, no meio da madrugada, maquiagem borrada, olho inchado: *Dona Santa, a senhora é minha mãe.* Muitos filhos sumiram desde então. Outros, por aí, meio distantes, meio bastardos, sempre pródigos, sempre por perto.

O CACHECOL ERA PARA SORRISO BONITO.

Menino levado, menino lambão. Dormia ali no chão toda noite. Nunca entrou, não. *Mas, tia Santa...* Não. Que fosse o que fosse, ele tinha alguma coisa, qualquer coisa que dizia que não. Diferente de tudo, puxava carrinho no mercado, quatro, cinco da manhã, fazendo bico. Trabalho sério era ali, no palácio da justiça, batendo graxa no sapato de juiz, desembargador, advogado, delegado, promotor, dia todo. De preto, ficava mais preto. Moleque levado, negrinho sujo. Mas êta bonito de bom. *Mas Dona Santa...* Não. Não tinha idade de entrar. Menino menor entrava, é verdade. Mas esse, esse era dela, era preservar. *Sobrou uns trocados? Guarda.*

Pagou a proteção direitinho? Então guarda. Nada de porcaria. Come. Come, meu bem.

Abusou da regra três: Não tem perdão, nem choro, nem vela; não tem oração, não tem coração. Cada um é pelo seu cada um. Abusou dessa regra. Não tem meu bem, nem cachecol. Não existe amor em São Paulo.

Cachecol é prá Sorriso Bonito. Moleque danado, hoje estava atrasado. Ontem, nesse horário, já estava aqui. *Que que será quê?* O homem discreto chegou. Noite de Segunda e noite de Quarta. Há anos. Pagava, boa noite e entrava. Duas entradas. Depois chegava o acompanhante. Rebolando curto, calça apertada. Uma vez viu. Lá dentro, se agarrando, se apertando, cabeça baixando e subindo. Sessão das Onze. Depois, sem tchaus, cada um pro seu lado. Clássicos do Gênero.

Será que o Carlinhos já foi dormir? Falei prá não ver televisão até de noite. Escola dia todo. Mãe morreu. Pai sumiu. Sobrou a avó, a Santa. Manoela, já na idade de namoradinho. Tinha de ficar de olho. Saía às cinco e meia da tarde para pegar os dois. Sete da noite, na catraca. Cinco da manhã, casa. Às vezes, os meninos, já com café pronto, esperavam. Criou bem. *Sorriso Bonito tinha mãe?* Regra três, regra três, regra três. Saber menos sempre vale mais.

Oito da noite era a hora dos meninos sem barba e suas namoradinhas, safadas. *Meninas de hoje em dia....* Dinheiro limpo na gaveta, economizado. Sem dobra, sem rasgo, sem sebo, sem ranço velho de rua. Baixavam os garotos da faculdade, àquela hora ou depois. Depois das nove, das dez, depois do bar, da sinuca primeira, de todas as conversas furadas, deixando o forro verde para quem sabia, os mestres do taco, do copo e dos berros metálicos. Meninos limpos. Ao menos de cara. Sempre em revoada, os meninos da faculdade.

Sempre em bando. Depois de formados, ensacados nos ternos e com pastas na mão, não voltam mais. Esposas em casa, amantes no escritório, filhos no colégio. Ficam na praça do palácio, para Sorriso Bonito lustrar. *Tia Santa, vê seis?*

Sorriso Bonito não vem? Hoje tem porcaria. *Como era gostoso o meu negrão.* Dizem que é arte. A bíblia ali. Tempos sem ler. No início, folheava, arranhava uns versículos, fazia sinal da cruz quando aparecia um estranho. Depois, costume. Depois, estórias e mais estórias. Os meninos sabiam que trabalhava num cinema. *Mas é coisa de adulto! Vou levar ninguém não.* E por enquanto, bastava. Mas e *Sorriso Bonito*? Não vem? Quase meia-noite e nada. *Coisa mais besta. Nem é meu.* O problema era Carlinhos e Manoela. *Carlinhos e Manoela, Carlinhos e Manoela, Carlinhos e Manoela, Carlinhos e Manoela, Virgem Santíssima, Nossa Senhora, cuida, cuida, cuida de Carlinhos e Manoela. E de Sorriso Bonito também.* Moleque mais besta, moleque lambão, moleque troncho. *Cadê você?*

O homem das duas espadas na mão chegou. Frequentador de inverno, morador antigo das escadarias do palácio. Perto do estacionamento, a cozinha. Na banda de cá, debaixo das janelas, das vistas, a cama. Ao lado da estátua da justiça, o banheiro, o sanitário. A entrada do palácio é a entrada de sua casa também. *Pode entrar, seu doutor. Tá permitido. Casa é sua, não repare a bagunça.* Sem pedir licença. O homem das duas espadas, uma em cada mão. Frio regelando tudo. Esse, de graça. Só mostrava a mão no vidro. Sem falar, sem sinal. Só as palmas das mãos. Virava e ia. Vez em quando ia ver como é que estava. Não assistia ao filme. Dormia, certamente preocupado com a casa. Uma vez saiu sem o cobertor e disse *Preciso consertar o aquecimento de casa.* Foi o inverno mais frio em dez anos. Na palma da mão via-se nada. Só a sua palavra bastava. O homem das duas espadas.

Sorriso Bonito, Sorriso Bonito. Cachecol é prá você. Quatro da manhã é só alma penada na rua, se movendo para não morrer de frio. *Ai, meu Deus.* Tiro pipocando ali perto. *Mais uma matança na praça de baixo?* Sempre fechava os olhos e se baixava na cabina, para nada ver. Uma vez, várias vezes, foi perto. Só viu o revólver batendo no vidro e o dedo fazendo sinal de cala-boca. Achou que ia morrer. Nada. *Quem ia matar uma dona santa?* Foi o que a arma disse, dando risada e se afastando.

Sorriso Bonito, será que você não estava lá? Será que foi você que recebeu os tiros? Minha Virgem Santíssima, Nossa Senhora, protege, protege, protege os meninos. Café Paris abrindo, mercado fumegando, a função terminando. Gatos entocados. Hora dando, hora matando. Será que ia dar no jornal? Mas como é que ia saber em qual? Tarja preta na frente dos olhos, vala comum, urina de gente misturada com sangue. Será que ia dar no jornal? Mas como é que ia saber em quem pôr? E se o tiro foi na cara? Para qual santo acender a vela? Para qual corpo acender a vela?

Cinco da manhã. Cinema fechou. Clássicos do Gênero. *Carlinhos e Manoela têm que tá bem.* Arrumar as coisas.

Ir.

Acreditar, acreditar, acreditar, acreditar, acreditar, acreditar. Sorriso Bonito? Cachecol é prá você.

Chorões e Bananeiras

1

O pai saía logo cedo e o ritual era sempre o mesmo. O despertador tocava duas vezes. Na metade da segunda vez, seu dedo saía debaixo da coberta e batia no pino. A mãe resmungava alguma coisa e não saía da cama. O pai nunca dizia nada. Banho rápido. Sempre havia uma mala que a mãe deixava pronta de véspera, e o pai também. O pai saía de roupas normais, nem de Domingo nem de Segunda-feira. Na mala sempre ia um embrulho que ele pegava na última porta da última prateleira do armário, no escuro. Quando voltava, às vezes de tardezinha, às vezes de noite, o embrulho retornava ao seu lugar. Às vezes não via quando chegava o pai. Mas o embrulho, magicamente, estava lá.

Todo dia a mesma coisa. E o menino, que fingia sempre dormir, tudo observava.

O dia transcorria como sempre. A mãe lavava as roupas, limpava a casa, fazia as compras e sempre tinha aquela meia horinha com a vizinha no portão.

O zum-zum-zum normal da rua depois do meio-dia. Pelota, gude, pipa, rolimã. *Aê, tia! Deixa eu pegá uma pipa que caiu aê!* Os homens das três da tarde deitavam-se nas calçadas das fábricas velhas. O sol lhes batia à cara e eles só queriam esquecer os lustres, as balas, os papelões, os sapatos, os ferros e os outros biscates que faziam para sobreviver. Os homens das três da tarde sempre voltavam um pouco mais vazios, um pouco menos homens, de dentro daqueles prédios escuros e fedorentos, quando o descanso findava, quinze minutos depois.

O menino e a mãe ficavam o dia inteiro sozinhos. Ele brincava e a ajudava nas tarefas mais leves. Havia a tevê e os gibis. Havia os outros meninos da vizinhança e a favela que começava no fim da rua, bem vizinha.

A mãe explicava ao menino coisas que ela conhecia, do céu, da terra, da vida e do além. Ele a ouvia e as horas escorriam entre estórias, silêncios, olhos, bocas, represálias e agrados. E iam levando, fazendo companhia um ao outro.

2

Os chorões eram altos, muito altos, e se punham bem acima do esgoto a céu aberto que cortava a favela. Havia as bananeiras, casa sim, casa não. Dizem que tudo começou com um único barraco, numa imensidão de morro. Deve ter sido há uns sessenta anos. Será? O morador fez sua casa, plantou uma bananeira – quem sabe? Ou ela já estava lá? Por que ele plantaria uma bananeira? – e ali ficou. Olhou, olhou e nada viu. Talvez fosse noite e talvez tenham se passado muitas ou poucas noites até que outro barraco se aproximasse do seu, com outra família; ou só com uma ou duas ou dez pessoas: não importa. Cortaram um cacho da bananeira – ou foi o primeiro morador que ofereceu? Ou eles trouxeram a sua? – e daí surgiu uma outra.

Deve ter sido mais ou menos assim. Quanto tempo até os chorões aparecerem? E os ratos aparecerem? E os homens e seus litros de bebida, sonhadores e destrutivos? E suas mulheres de estranhos e lindos sotaques cantados? E os filhos, as disputas de futebol, as pipas no ar, a várzea? E os primeiros crimes? As primeiras lendas? As primeiras mortes? Os primeiros mártires e heróis? Onde começa o início de tudo?

3

Com o tempo, se acostuma. O tempo pode parecer correr, sabe? Mas é lento, é sim. É só impressão. Os filhos vêm, o marido engorda, a gente envelhece. E acostuma. Acostuma com o lixo, acostuma com a água que não tem, a água que vem dia sim, seis dias não. Acostuma, sabe? Puxa um fio, faz um gato, explode, puxa outro. Abre um poço no quintal. Vem o Governo e diz **Não pode**. Aí vem um poste. Demora, mas vem. Demora. Vem asfalto, sai terra batida. Sai água de poço, entra cano. Vem rede de esgoto, sai fossa negra. Com o tempo, se acostuma.

Acostuma com o palavrão. Acostuma, é. Tempo de pipa, pião, gude. As crianças. Vêm. Aos montes. Sujinhos, amarelados, descamisados. Outros, marmanjos. Sobem no portão, pulam no telhado, quebram telha e antena. Malcriação. Marido bravo. Aos domingos, dia de jogo, sabe como é, né? Acostuma. Filho crescendo. Que vai ser? Vai dar para quê? E aquele povo lá de baixo, se crescendo, se matando, se vivendo. Sei lá, sei não. Vez ou outra vêm aqui no portão pedir as coisas. Aí é dar, né? Fazer o quê? A gente entende e se acostuma. A gente já foi ou ainda vai ser.

Todo mundo é filho de Deus. É o que dizem.

Olhando prá eles, às vezes, eu não acho não.

Mas acostuma. E rezar. E pedir.

Acostuma a guardar segredo também. A viver com medo, a tratar pouco. Vizinha no portão? *Feijão no fogo, comadre!* Quê que seu marido faz? *De tudo. Biscateiro. Agora diz que é motorista.* Taí. Motorista. *Cadê o carro? Oxe, comadre... Garagem é do patrão.* A gente se acostuma a aprender a não dizer. Dizendo.

Até parece que todo mundo sabe, que todo mundo vê. *Já falei prá você. Muda disso, larga disso.* Não adianta. Entregar na mão de Deus, então. Ir prá onde? Fazer o quê? Sei lá, sei não.

Filho vai crescer. Aí sim. Aí vai dar para saber. Aprender a viver, aprender a lidar. Agora não pode, não deve saber. Acostuma. Na escola, se perguntar é: *Motorista!* Só isso. Onde? *No centro.* E ponto. Se encher, bate.

Mas bate mesmo, hein? Nada de voltar com olho roxo prá casa, senão apanha duas vezes. Não é prá ser valentão, mas não pode ter medo também não. Quem dá o pão dá a educação.

Tchau, meu bem.

Acostuma a despedir sem saber se vai voltar.

Acostuma a rezar. Acostuma a pedir. *Olho vivo e pé ligeiro. Fica com deus.*

Acostuma. E vamos levando.

4

O barulho não para. Sempre pés passando. Gente correndo, gente andando. Gente? Gente arrastando, sendo arrastada, indo empurrada. Gente gritando. Gente pedindo, gente caindo. Gente brincando. Gente? Gente nascendo, gente morrendo. Gente morrendo. Gente morrendo. Gente jantando. Gente ganindo, gente gemendo, gente gostando.

Gente.

Riacho logo embaixo, sempre chorando. Bosta caindo, cachorro uivando, ponte tremendo, mulher apanhando, faca enterrando, prece chamando, filho pedindo, alho chiando, ouvido escutando, grito morrendo, chuva entrando, baiana cantando, mulher se entregando, marido chegando, filho assaltando, mulher bebendo, homem se vendendo, cachorro caguetando, polícia buscando, dia chegando, gato queimando, irmã pecando, gente chegando, gente espancando, gente esperando, noite chegando, gente sumindo, gente dormindo, gente se indo, gente se rindo, gente pedindo, gente acabando, gente trabalhando, gente sentindo, vida pulsando.

5

Coisa coisando coisinha coisuda. *Pára com isso, moleque.* Coisa coisuda coisinha coisando? *Já falei prá parar.* Coisinha? Coisando coisa coisuda. *Moleque safado.* Coisuda? Coisuuuuuda? Coisinha coisando coisa! *Onde foi que você aprendeu isso?* Coisando. *Coisando o quê?* Coisinha. *Que coisinha?* Coisuda! *Ah, moleque! Mas que...* Coisa? *É que coisa sim! Você vai apanhar!* Coisinha coisuda... *Cala boca! Vai estudar!* Coisa coisando coisinha coisuda! Coisa coisando coisinha coisuda! *Vão achar que você é retardado!* Coisa. *Coisa nada. Pára ou eu vou bater.* Coisinha, coisinha, coisinha! *Ah, é? Então, tá. Deixa só eu pegar o chinelo ou o fio e você já vai ver só. Toma! Toma! Toma!* Coisuda! Coisa coisuda! *É você, viu?! É você!* Coisa coisuda! *É você! Toma! Toma! Toma, moleque ordinário!* Coisa coisando coisada coisinha coisuda! *Eu te mato!* Coisada... *É, coisada, é? Some daqui, senão eu te arrebento, te mato, te estouro e toda essa coisa coisada coisinha coisuda sua!* Aê? Não falei? Coisou.

6

Vamo tomá aquela birosca.

Sem conversa. Chegá chegando e ponto. Arregaçar. Estourar. Quem piar mais alto, bala. E que se foda. Passa do branco, aê. Neguinho não falô? Não disse que era o rei? Pois é! Ação de dia. Domingo. Que é prá não esquecer. Vagabundo vai entocar semana inteira. Quero ver otário no serviço com medo. Quero ver sangue. Quem tremer aqui, morre. Morre, tá me entendendo? Ninguém vai esquecer o meu nome? Ninguém. Depois, respeito. Nada de azarar, de roubar aqui não. Quem fizer, vai levar. Organizar essa porra. E sossegar tudo. Tranquilidade na comunidade. Só não pode ter inimigo. Declarô, levô. Chega.

Tá rindo de quê?

Tá rindo de quê, seu otário? Tá no meio do circo? Tem palhaço aqui? Aí, tomou. Joga no rio, lá longe.

Domingo.

Agora é tratar de mocozar, prá não dar flagrante. Domingo, macacada. Domingo.

7

Ixe! Já apareceu muito. Vive vindo. É igual aí a esses ramos de chorão. Cai um, vem outro, solta um, vem outro. Igual. Tudo vai, tudo vem. Desce outra aí, Zé. Ói, conheci um que dizia que já tinha finado vinte. Cabra macho. Vinte. No braço, na bala, na peixeira. Medonho. Pois um dia não apareceu com a cara no barro? É, é. Apareceu aí, não sei, e tal. Polícia veio, IML. Ninguém sabe, ninguém viu.

Me lembrei do Bezerra agora, rapaz! Lembra?

"Você com revólver na mão é bicho feroz.
Feroz.
Sem ele, anda rebolando e até muda de voz!"

Ih, ih, ih, ih, ih!... E tem a outra, que é prá esses camisa fechada que anda por aí, ó. Fui eu que fiz. Vou mandar pro Bezerra. Quem sabe não fica meu parceiro? *"Você com a Bíblia na mão é crente feroz, feroz."* Acha que Deus salva. É. Salva, sim. Vai ver até que. Quem sabe? Mas não por estas bandas. Cê não acredita? Também não. Acredito em bola na caçapa. Ladrão. Sombração não. Sombração é coisa de bebum, né, não?

A única coisa que permanece, que se salva, que fica mesmo, de verdade verdadeira, que é fato, são os *chorão*. E as *bananeira*. O resto é tudo merda no rio. Boia, boia, mas passa.

OUTRA.

E é assim mesmo. Mudá, quem qué?
Outra.

DESCE UM CARTEADO AÍ.

Muda não, bichinho. Muda não. Só duas coisas nascem aqui de verdade. Chorão e bananeira. De resto, tudo morre. Aí, no rio, largado. Só o chorão que tira força desse rio. E é humilde, olha só. Olha sempre pro chão, o condenado. Chorão. Chorão e Bananeira.

É humilde, não nega a origem, não vai embora, finca raiz. Bananeira também.

É bom ou ruim? Sei lá. Não sei. Sei lá, não sei, não.

Outra.

8

É o seguinte, galera... Aê! Atenção! Opa! Atenção! Por favor! Vamos colaborar! Aqui, atenção! Aê! Deu! Assim não dá, assim não dá! Um minutinho só! Isso, isso. Aê, é o seguinte: vamos fazer uma festa, uma grande festa, tá? Todo mundo colaborando, todo mundo junto. 100% Favela, hein? Coisa de domingo. Família. Feijão de Dona Candinha. Maionese da Tia Isabel. Sambão. Sampleado dos manos e tal e coisa. 100% favela. E vamo chamá o povo do morro de cima aí, de alvenaria. Vamo, vamo sim. Que não adianta nada. Não adianta nada não querer nem saber. Nada... Tem que conviver, tem que mostrá. Não é só pedir esmola na porta da casa deles, não. Não é só aparecer no fim de feira prá catar resto do chão. Ninguém nasceu empregada, mendigo, bêbado ou ladrão. A gente é gente. É gente ou não é? Vamo ter ajuda aê dos feirante. Nada de política, de safado sem vergonha. Nem de pilantra querendo promoção. Já tratei. Nada de político pilantra, nada de filho da puta prometedor. A gente tem que ser pela gente. Tudo no respeito, tudo no dum-dum--prá-ti-cum-bum-dum-dum-rum-dum. A gente é gente. A gente é gente, ou não é? E um Viva para os Amigos da Comunidade! Viva!

9

É... mas não tem homem meu que vai pisar lá, não. Nunca.

Não tem ninguém lá dentro que valha a vida de um homem daqui. Eu não mando. Crime na favela? Que se matem. Só conter para não chegar na rua. Tem uns PM que moram lá perto, e tal. Mas e daí? Tudo do mesmo esgoto. Mortos de fome igual, só que de farda. Eu ando no esgoto dessa cidade. Nado de braçada. Ali é tudo que se dane. Deus ou o Diabo que os protejam. O Estado? Faz o papel dele. Usa e abusa do monopólio da violência legítima. Manter cada macaco no seu galho, cada peça no seu devido lugar. Protege a elite da barbárie. Lembrando cada um do que realmente é. No caso do pobre, lixo.

Não cheguei a chefe de polícia fazendo caridade a ninguém. Eu cumpro ordens que me chegam, faço meu serviço, recebo meu ordenado. E ponto.

Cadeia foi feita prá quatro pês. Prostituta, pederasta, preto e pobre. Pelo menos em dois deles, cada um dos que estão por lá, já estão. Se não estão, vão estar. Cadeia foi feita prá homem, prá gente. Lá não tem. Tudo pela metade. Tudo projeto, rascunho de humano. Então, tiro. Bala, bordoada e bomba.

Racista? E quem não é? Quem não sente seus nojos?

Está lançado o desafio: deixem eles soltos e vamos ver no que vai dar. Telefone em cima da mesa. Quanto tempo até nos chamarem?

Fui muito sincero? Quer que eu reformule para poder publicar no teu jornal?

10

De início eram os pulmões. Tudo fraco, tudo podre. Bronquite maldita. Tempo de férias. Gude, sorvete, pião, pipa, rolimã.

Tudo através do vidro, das grades. *Rua não. Rua é perigoso.* Viver é perigoso. Viver é perigoso. Viver é perigoso. Molecada berrando, brigando, chutando, quebrando, cortando, beijando, cantando. Subindo nas lajes. Viver é perigoso. Viver é perigoso. Viver é...

Bicha é a mãe. A mãe, tão ouvindo? Viado é a puta que te pariu. Vão ver. Raiva da mãe. Ódio do pai. Pode nada. Pode nada. Da escola prá casa, de casa prá escola. Tudo escondido. Tudo proibido. Fliperama no bar longe. Pai pegou. Não bateu porque tava atrasado pro serviço. Dia desses viu morto sem cabeça no mato. Contou. Mãe bateu. Pai bateu. Mãe chorou. Eu me borrei, me mijei. Tudo proibido. *Rua não ensina ninguém*, diz sempre o pai. *Bicha, bicha, bicha.* A mãe, a mãe, a mãe! Vai tudo tomá no meio do... Brigar? Não sei bater. Apanhou na rua, apanhou em casa. Apanho sempre nos dois.

Aguentar.

Mas um dia vão ver. Vão tudo se foder. Tudo.

Senhor Diabo, eu não acredito mais em Deus. Então me ajuda. Quero que tudo vá se fudê. O Senhor me ajuda? Só quero proteção, só proteção. Chega de ser o mané da escola. Até as meninas tiram uma. Até o professor. Vida passa, tudo piora. Já pensei em me matar. Mas não vai adiantar. E se no além tiver também esse bando de cuzão? Que foi que eu fiz prá merecer isso? Por quê eu nasci ruim do pulmão? Por quê que eu nasci preto? *Bi-cha, bi-cha, bi-cha! Mulher-zi-nha! Mulher-zi-nha! Ô, neguinho viado!* Não sou, não sou nada disso. Não sou. Não sou.

Vão tudo se fudê. Eu juro.

Eu sei onde o pai guarda a arma. Eu sei. E aí vão ver. Eu sei onde o pai guarda. *Vão tudo tomá no cu, tão me ouvindo? Tomá no cu! Tomá no cu!* Vou fazer engolir cada palavra, cada cuspe na cara. Cada tapa no pescoço. Cada xingo, cada bolinha de papel, cada merda que me disseram.

Eu não acredito mais em Deus. Cansei de rezar e só me dar mal.

Agora vão ser eles. Agora vocês vão ver.

Não pedi. Fiz nada prá ninguém. Mas tudo bem. Vai ter volta.

Eu quero ver gente chorar. Feito eu. Mais que eu. Muito mais que eu.

Então, seu Demo? Temos um trato? É assim que se fala? Vi no gibi. Tem trato?

11

Chorões e bananeiras: é tudo o que nasce aqui. É o que dizem. Dizem também que na senzala pode dar flor. Com esse resto de homens, mulheres pelo avesso, rebotalhos, rascunhos de gente com pés no chão? Cada dia é perda de ilusão. Positivo e operante. Por aqui só cresce e sobrevive pimenteira brava. Ou quem é muito apegado a Deus. Ou, vez ou outra, quem tenha muita personalidade.

E que seja abraçado ao seu rancor.

Tem mais é que lutar prá sair disso aqui. E prá mudar isso aqui. Filho meu tem que crescer honesto, sem ser ladrão. Estudar. Estudar. Estudar. Estudar. Única arma do pobre. Nada de rua, bola, gude, pipa, pião. Estudar. Rua não ensina nada prá ninguém. Só coisa ruim. Quem dá o pão dá a educação. Filho meu vai ser doutor. Crescer e ser doutor. Vai ser doutor ou vai contar porque não vai.

E eu vou estar vivo prá ver. Ser doutor.

Visto roupa remendada, tiro da boca para dar para ele. Nada de levar a patroa para viajar. Passear? Nada. Tudo em livro, tudo em comida, tênis, sapato. A escola é ruim. Mas quem faz a escola é o aluno. Tem de tirar do mínimo, o máximo.

Estudar, moleque. Vai estudar. Cadê os cadernos? Que letra é essa? Que garrancho é esse? Quanto vale um "C"? Eu vou te contar quanto. Já fez a lição? Não consegue por quê? Dorme bem, come bem, não trabalha! Não faz mais que a obrigação! Nada de carro, passear comigo não. Lição. Estudar. Pro banheiro, já! Vou te ensinar com quantos dois se faz um quatro. Quanto vale um "C". Se a cabeça não pensa, o corpo é que padece. Depois vai dizer que não teve sorte na vida, ficar caindo na sarjeta, de frente pro bar, sujo, sem dente, cantando samba, preto e com monte de filho na FEBEM. Psiu! Nem um pio! Não quero ouvir sua voz. Enfia a cara no livro! Coma o livro! Beba o livro! Durma o livro! Acorde o livro! Estuda! Estuda! Quer ser visto como gente? Estuda! Estuda! Estuda!

É tudo pro seu bem. Sei que exijo muito. Um dia você vai me entender.

Quando você crescer, vai me agradecer.

Cavalo selado só passa vazio uma vez. Tem que se agarrar nele com força.

Será que tá dormindo agora? Dorme, meu nenê, dorme. Eu já estou indo. Chego tarde, saio cedo, não dá nem para ficar com você. Você vai crescer e vai vencer.

O CHICO É QUEM TEM RAZÃO.

"Olha aí, ai, o meu guri, olha aí...". Você vai ver. Eu vou ver. Todo mundo vai ver. Calar a boca de toda essa gente. Vai dar em ladrão nada. Filho de preto e pobre, não vai ser ladrão. Vai ser a negação da negação. Contrariar a estatísticas. Filho de pretos e

pobres. Filho de faz tudo com empregada doméstica. Neto de peão com lavadeira. Bisneto de escravos. Vai ser doutor.

Vai ser doutor. Vai ser a negação da negação. Até da letra do Chico.

> *"Quando, seu moço, nasceu meu rebento*
> *Não era o momento dele rebentar*
> *Já foi nascendo com cara de fome e eu não tinha nem*
> *nome prá lhe dar*
> *Como fui levando, não sei lhe explicar*
> *Fui assim levando e ele a me levar*
> *E na sua meninice ele um dia me disse que chegava lá*
> *Olha aí, olha aí*
> *Olha aí, ai, o meu guri, olha aí*
> *Olha aí, é o meu guri*
> *E ele chega ..."*

12

"*Se puta fosse flor, essa vila era um jardim.*" É isso o que vocês querem ouvir sempre? É isso o que vocês querem ser prá sempre? É assim que vocês querem ser pensados prá sempre? Bando de putas? Drogados? Ladrões? Bichas? Favelados? Bicho papão da classe média? É assim? Assim? Meia gente, gentinha, lixo, merdunchos? Brinquedos quebrados no quarto de despejo? Usados e jogados fora? Escravos?

Não! Não! Não! Não! Não! Não é?

Então, o negócio é o seguinte: O negócio é lutar! Lutar! Lutar! Vamo fazer a festa! Chamar todo mundo! Do morro e do asfalto! Do barraco e da casa! É o primeiro passo! E nem tem que ter medo de nada, não. Quero ver se aquele um tem coragem de atirar em todo mundo, de vim aqui arengar, como anda dizendo. Já ouvi boato, tô sabendo. Disse que vai ser terror, dia de tomar as bocas e tal. Polícia não vem mesmo. Nem IML Nem ambulância. Então é nós prá nós mesmo.

Vagabundo disse que vai passar fogo. Quero ver. Ninguém atira, ninguém armado. Ninguém de fogo também. Ninguém cheirando, ninguém fumando. Quero ver gente aqui! Gente! Homem, mulher! Criança! Velho! Gente! Nada de rebotalho! Gente de bem, gente honesta, de cara limpa! Roupa de domingo! Festa de aniversário! Gude na terra! Pipa no ar! Sem cerol, hein? Sambinha do bom! Gente! Feijão de Dona Candinha! Namoro inocente! Gente como tem que ser! Gente! Ninguém nasce pobre e favelado!

Todo mundo nasce GENTE!

Quero ver se aquele safado tem coragem de atirar em gente! Até agora ele matou lixo, saco preto. Jogou debaixo da cruz, no rio. Meio homem, meia mulher, lixo. Não. Domingo a gente vai ser gente! Gente que vai provar que é gente!

É isso aí, rapaziada! Até lá! Nada de bundar, hein! Tem que ter medo de nada. Tem que ser homem, tem que ser mulher. Tem que levantar a cara pro sol, e não o sol dar na nossa cara. Tem que erguer a cabeça. Ser macho não é por vinte filhos no mundo, sem condição. Nem um filho! Ser mulher não é ter um bando de macho. Ser do conceito, de respeito, não é ser ladrão. Ser da hora não é ser malandro. Ser otário, ser mané, não é igual a ser honesto. Ser bicho louco não é ser assassino, matador. Ser gente é ser humano.

13

Moleque anda estranho. Que que será que ele tem? Pelos

cantos, meio sorrindo, meio cantando. Nunca vi alegre assim. Vai fazer arte. Ah, vai! Com certeza que vai. Estudando em voz alta. Nem vendo televisão. Não falou de nada, nada. Chegando no horário. Nada de fliperama, nada de querer ir na rua, nada de pirraça. Ué... Que que será quê...? Sem gibi debaixo da cama, má-criação, dá até gosto de ver. Será que finalmente entrou nos eixos ou está aprontando alguma? Bom, deixe estar para ver como que fica.

Domingo tem a tal da festa. Eu não vou. Valha-me, Deus, Nossa Senhora. Pisar na favela? Nada? O outro disse que vai. Ai de mim. Já falei, não adianta. Só faz o que dá na telha, comadre. Disse que é "integração, vento novo, cheiro de mudança". Tudo bobagem, tudo bobagem. Se alguém descobrir o que que ele faz, aí é que eu quero ver. Logo domingo tinha de estar de folga? Logo domingo? Deus parece que vive mangando da gente. Ai, minha Nossa Senhora! Já me agarrei a novena, já mandei rezar missa. Se bem que aquele padre também... Fazedor de filho! Ai, minha Nossa Senhora, só por Deus, só por Deus, só por Jesus, Nosso Senhor.

Diacho de feijão que não engrossa!

14

Ah, falou, é? Então tá!

Querendo dar uma de macho prá cima de mim? Sei que ele sempre foi sujeito homem, do respeito. Mas agora, folgou! Chegá chegando, arrepiando. Quero ver. Ser gente é ser humano, é? Pois eu vou bater nele feito em cachorro! Vou chegá sem arma. Os outros que vão estar armados. Duvido que não vai ter alguém ali maquinado. Não. Vou armado também. Mas ele vai apanhar de mão fechada, desmoralizado. Povo, bando de cagão, vai esparramar. Tudo vai correr feito rato, vazar pelo chão. Ah, vai. Ô! Conheço. Quero ver a cara desse bundão depois. Desde pequeno a mesma bichinha de sempre. Não sei porque não passei fogo nesse puto antes!

É o seguinte: Todo mundo moqueado. Quero ver vagabundo na rua não. Todo mundo na moita. Domingo, macacada. Domingo! Não precisa nem se preocupar. Só chegar chegando. Já viram rato no fogo? Esparrama! Então. É só a gente chegar. Não vai precisar atirar. É só chegar. Festinha de merda. É amanhã que a cobra vai fumar.

15

Ih, ih, ih! Pai saiu, foi na festinha! Mãe com medo, rezando na igreja. Ih, ih, ih. Sozinho, sozinho! É hoje. Vou me vingar, ah, se vou. Os putos moram tudo lá prá baixo mesmo. Então. É só subir na laje. Só subir e mirar. Ninguém vai ver. É só mirar. Jãozinho, Zé Pelé, Cabeção, Betinho, Rafa ... Vão tudo se fudê!

Isso. Foi rezar, é? Vai rezar, vai mesmo. Eu nem acredito mais em Deus. Adianta? Adiantou? Não. Então. Negócio é agir. Mirar certinho e soltar. Vai tá todo mundo lá. Menos eu. Maldito pulmão. **Tem que estudar, filho! Estudar!** Pra quê? Quem falou que dá prá ser alguém na vida? Pai e mãe estudaram. Quê que eles são? Quê que eles fazem? Com quem que eles se casaram? Onde eles moram? Olha o filho que eles têm. Estudar nada. Tempo perdido, vida perdida, hora perdida, promessa traída. Deus não me ouviu. Nunca!

É isso. Pegar. Sei onde ele esconde. Sempre soube. Essa estória de motorista... Balela! Pegar. Peguei. Ó a máquina aí, ó a farda. Pegar. Tem bala. Bom. Depois é só trocar no tambor. Igual na tevê. Usar lenço. Não. Guardanapo. Nada de deixar marca. Depois dá sumiço no guardanapo. Ninguém vai notar. Laje. Ó as calcinhas da vizinha.

Depois eu pego. Ó lá. Ó os putos. Ó lá. Ó lá. Tudo junto. Temo trato, não temo, seu Demo? Então. Eu vou atirar. *Bicha, viado, negão, neguinho, beiçudo, tição, tuberculoso, mulherzinha, gordinho, quatro-olhos!* É agora que eu quero ver, bando de cuzão!

16

"Aos vinte dias do mês de agosto do corrente, na favela localizada próximo a este Distrito Policial, domingo, dezesseis horas, ocorreu incidente que cabe relatar. Dirigiu-se para lá a viatura policial, solicitado reforço no percurso, por haver denúncia de disparos de projéteis provenientes de arma de fogo, de autoria desconhecida. Relataram os moradores, do referido lugar, que, à ocasião, ocorria uma festa popular, organizada por membros da Associação Amigos da Comunidade, tendo sido também convidados os residentes da Vila Industrial, próxima, comparecendo alguns moradores. Estima-se que mais de duzentas pessoas estivessem na região. Havia a presença concomitante de elementos de ficha policial registrada – ver a juntada dos documentos – reconhecidamente opositores da Associação e da festa, mas que, aparentemente – ainda segundo os relatos anexos – não teriam efetuado os disparos ou iniciado qualquer agressão, embora se soubesse de suposta animosidade entre membros da Associação e aqueles elementos que, segundo testemunhas, portavam armas de fogo. Seis disparos provenientes de arma calibre 38 foram efetuados, segundo relatos, vindos de fora do ambiente da favela, atingindo, aleatoriamente: um idoso, um barraco vazio, um morador – que, após a identificação *dos corpos pelo Instituto Médico Legal (IML), soube-se ser um policial militar à paisana, de folga, morador da Vila próxima à favela, ver prontuário anexo – o líder comunitário da referida Associação, um marginal – tido como um dos chefes do crime na região, ver ficha anexa – e um animal. Desta feita, originou-se conflito entre os presentes de enorme vulto, haja vista a solicitação de presença do efetivo policial. Prosseguem as investigações, visando a elucidação do crime. Seguem anexados os documentos referentes ao caso. É o que cabe relatar. Arquive-se, por enquanto, para consulta posterior, no decorrer das investigações, seguindo a rotina procedimental."*

17

"Entre os chorões e as bananeiras parece haver uma disputa contraditória, amenizada pelo lugar. Os primeiros fixam profundamente suas raízes no solo, tornam-se árvores muito altas e vergam-se, pelo peso e pela queda de suas copas, transformadas em grandes cipós, parecidos com cordilheiras de lágrimas, disse um poeta, voltando-se para a água ou para a terra que lhes passa por baixo. As bananeiras, plantas de tamanhos variados, em geral, são responsáveis pela erosão do solo, uma vez que suas folhas servem como coletoras da água da chuva, que entra pelo seu tronco, descendo e armazenando-se nas suas profundas raízes. É interessante que expresse este movimento contraditório entre o ser e o estar, o ir e o ficar, o construir e o destruir. E, embora sempre juntos nalgumas favelas, jamais se complementem."

O que era sonho vira História.

A estrada na mochila

Não gostava e brigava toda vez que eu tinha que ir. Não gostava mesmo. Era vez que até andava uns passos à frente, como quem diz: "Não conheço". Dali um tanto vinha a mão me pegando pela camisa. Mão boa, grande, gorda e quente. Ou aquele safanão: "Quê que você tá pensando?", que faz a gente catar cavaco pelo chão muito tempo depois.

Não gostava, mas era sempre assim por anos. Minha mãe e sua mão preta, grande, gorda e boa me conduzindo do portão de casa até o Grupo Escolar, fizesse chuva ou sol, sem nunca atrasar. Para mim, era magia, no começo. Como ela fazia isso? Nunca a ouvi reclamar, se queixar, nada disso. Pelo caminho, olhava a rua, a gola da minha camisa, o penteado dos meus cabelos, os homens da esquina no bar – "nunca entre ali" – ensinava sobre o tempo e as histórias de Vô e Vó, fingia que não ouvia minhas perguntas cabeludas.

Juntava outra mãe e mais outra pelo caminho. E a gente – eu, Beto, Zeca, André, Naldo – ia na frente, como se a gente não conhecesse nada daquelas mulheres, brancas, pretas, gordas, velhas, novas, nordestinas, que venciam as ruas e esquinas – "cuidado para atravessar, para aí" – que separavam a casa de cada um da sala do 1º. A, 2º. B, 3º. C e daí por diante.

E depois de um dia todo de aventuras e travessuras, de muito *beabá* largado e esquecido em disputa de gude e futebol, em chiclete colado debaixo da carteira ou no cabelo de alguma menina, de guerra de papel, magicamente de novo, mãe. Minha, nossas, todas elas ali, na porta, na hora que tocava o sinal. Elas todas ali, as mesmas, um mar de saias, calças, chinelos vão de dedo, algumas sacolas. E vozes. Não era fácil ver rosto. As mães eram tão grandes. A minha era, pelo menos, gigante. Não me lembro muito do rosto da minha mãe nesta época. Era uma mancha iluminada pelo sol. Mas eu guardo o som de sua voz, o desenho de seus dedos, seu cheiro na barra da saia, o tamanho de sua barriga anunciada pela forma do vestido, seus pés enchinelados. Minha mãe era uma giganta, com uma voz boa e doce quando tudo estava bem. E um trovão, daquele que me fazia ir para debaixo da cama ou atrás do sofá, quando o tempo fechava.

E a volta era do mesmo jeito. Agora, saber como tinha sido o dia na escola. E eu falava, falava. Gude. Letras. Bagunça. Matemática. E ela brincava séria e ralhava, dizendo que escola foi feita para estudar, que se eu não seguisse firme, ia ver só. Se no dia da reunião de mães – eita dia danado de medo – ouvisse algo ruim sobre mim, o coro ia cantar. Eu ficava quieto dentro do meu peito. E aprendia que nem tudo se pode contar. Como da Loira Noiva do Banheiro, de assombração, de furo no alambrado da quadra vazando pro terreno baldio, da briga com o Buiú e o acerto de contas marcado pro dia seguinte. Só falava então do que tinha aprendido, de juntar letra, somar número, contar história do mundo. Disso ela gostava. E uma vez ou outra, em dia de céu tão clarinho, não sei por quê, às vezes eu sentia uma aguinha molhar meus braços vinda lá de cima. Eu perguntava: "Mãe, tá chovendo?", e a giganta dizia nada, só apertava sua mão gorda e boa com a minha. E a gente ia.

Um dia apareceu um garoto novo na escola. A gente estava no 3º. C, o terrível 3º. C. Todos os mestres da guerra de bolinhas de papel molhado, embazucados nas canetinhas, estavam lá. Eu não era bom e rápido nisso, mas era grande, dava para me defender. Esse menino apareceu um dia, cor de caramelo queimado, cabeludo e pequeno. Não dava para entender direito o que ele dizia, a e gente então nem queria saber. Mas ficava de olho. E quando a professora virava as costas, era chuva de bolinha de papel cuspido de bazuca. Ele chorava na língua estranha dele, e eu, o Zeca, o Naldo e até o Buiú achamos que a gente ia ter um refresco, já que ele, que não era tão preto como nós, mas era estranho, agora era o alvo. E por uma semana, pelo menos, a gente teve vida boa, refresco tão bom quanto geladinho da dona Maria e do seu Zé, ali perto da saída da escola. Eu gostava do de groselha!

Mas esse menino – depois a professora ensinou a gente muitas vezes – era de outro país. Um lugar que falava aquela língua dele lá, que a professora disse que era um tal de espanhol. E daí a gente achou legal, achou graça no Gabriel, que era do Paraguai. E a gente queria que ele contasse as histórias dele, da sua gente, do Paraguai, e o que que ele tava fazendo ali na Vila. E não é que o safado do Gabriel desandava a falar? E jogava bem o futebol? E também era rei nas bolinhas de papel cuspido? Dançamos, o Zeca, o Naldo, Buiú e eu. Mais um atacante, amigo ou inimigo, dependendo do dia.

A mãe do Gabriel era preta, igual à minha, mas muito menor. E eu não entendia por que ele não era tão preto como eu. Perguntei à minha mãe e ela não soube me explicar. E me comprou logo dois geladinhos na porta da escola, nesse dia. Gostei.

Com o passar do tempo, a gente foi vendo que o Gabriel falava. E muito. Tanto que a professora colocava ele de castigo toda hora. Teve um dia em que ela não aguentou mais, perdeu a cabeça e colocou uma bola de papel higiênico na boca dele. A gente nunca viu a professora daquele jeito. E por umas duas semanas a gente não viu mais ela mesmo.

Ele falava melhor agora, misturando as palavras na língua dele e na nossa. E ele era bom no futebol, sabia fazer e gritar "Gol! Gamarra!" como ninguém, era demais nas armações, em pregar peças nas meninas. Só a professora que não gostava muito dele, que dizia que ele falava muito, que tinha problema, que não conseguia escrever. No dia da reunião com as mães – a gente quase não via um pai – a gente ficava ali, tudo perto da porta, tentando ouvir o que a professora falava da gente. Às vezes as mães falavam mais alto. De lá de dentro, vez ou outra, saía um "Não acredito que ele fez isso!". E depois alguma mãe vinha que nem foguete no bolo da gente. Teve um dia que o Samuel quase que ia ficando sem orelha, de tanto que a mãe dele puxava, na frente de todo mundo.

 A mãe do Gabriel sempre saía chorando. Era uma preta baixinha, gordinha, bem menor que a minha mãe. Falava estranho, igual ao Gabriel, mas ele já dizia as palavras melhor que ela. Nunca a vi bater nele, puxar a orelha dele, nada. Ela só chorava, passava a mão na cabeleira dele e dizia "Jeito. Tome jeito". Alguma coisa também sobre o pai, que ia chegar e não ia gostar. Gabriel fingia que não ouvia, pegava a minha mão e da irmãzinha menor dele – a Tida, coitada, uns dois anos menor que a gente, sempre chorando – e a gente ia na frente das nossas mães, sempre parando na esquina e brincando de desafio, de colocar o pé fora da calçada. Vez em quando olhava para trás e minha mãe estava lá, falando muito baixo com a mãe do Gabriel, as duas pretas, minha mãe muito grande, ela muito pequena, às vezes de braços dados. Gabriel, Tida e eu, zanzando, irmãos.

 Um dia minha mãe me levou na escola como nos outros dias todos. E vinha o Zeca, o Naldo, o Buiú e a turma toda da gente. E sempre ficava aquele bolo de mãe e criança na frente da escola, até tocar o primeiro sinal. A gente ia indo aos poucos, as mães se despedindo e a gente ficava ou ia, alguns se agarrando nas barras das saias. Eu não, que já era grande e não fazia dessas coisas! Mas naquele dia a gente não viu o Gabriel nem a Tida nem a mãe dele, e já tinha dado o segundo sinal. E já estava ficando mais vazia a entrada do portão. Eu ia entrar e deixar minha mãe ali. E ela ia me abraçar como sempre e a gente ia se ver depois. "Olho vivo e pé ligeiro, Carlos Eduardo". Eu gostava mesmo de ser chamado de Cadu, mas ela não aprendia! Dali um tanto, veio um grito lá de cima da janela grande, que dava vista da nossa sala pra rua. Era o Gabriel, danado, gritando pra gente, eu e minha mãe:

"Tia, a minha mãe morreu!"

Eu não entendi muito bem o que era aquilo e voltei pra minha mãe e perguntei. Ela não disse nada. Só me pegou e abraçou com tanta força, de encontro no vestido dela, que eu podia ouvir tudo que se passava por dentro. Eu me lembro do seu cheiro e de suas mãos gordas e boas me esquentando. Tocou o terceiro sinal e a gente ali, abraçados. E lembro também que aquele dia era muito quente e cheio de sol. Mas, de repente, começaram a cair umas gotas de água muito grossas e pesadas sobre a minha cabeça.

Pau, panela, apito

Joca Preto acordou bem cedinho e se mexeu rápido pelo quintal. Tinha passado dias naquele canto que só ele sabia, deixando tudo preparado. Ninguém perguntasse, ninguém bulisse. A mãe desconfiava da arte, o pai sorria de canto. Joca tratava coisa séria.

Engoliu o que tinha pela frente pela mesa, sem pedir mais, e saiu correndo para rua. Mané, Tião, Reginaldo, Biriba, Becoleco, Robertinho já estavam no combinado do terreno baldio, naquele mês limpinho e capinado, sempre de maneira mágica, porque ninguém sabia de quem era, ninguém invadia.

"Chegou o Joca Preto!"

Ele vinha sorrindo, carregando o peso que parecia ter metade do seu corpo. Os outros também. Joca Preto sorria, mas também vinha muito sério, sabendo que aquilo era brincadeira com que não se brincava. Afinal, não tinha desafiado a molecada da Vila Borá? E eles não tinham zuado à vontade Joca preto e Joca Branco da Vila Cafuné? Os vizinhos do terreno já não tinham dito que não aguentavam mais aquela barulheira, de manhã até de tarde? Neneca não tinha ouvido que no Bar do Seu João Portuga alguém falou que o negócio era dar uma coça na molecada, queimar um ou dois contratando Klebão Matador? As mães não ficavam preocupadas nos muros e não rezavam seus terços?

O negócio era muito sério.

"Vamo batê lata!"

"Êa!"

Teve um grito do nada que vinha de trás do Joca Preto. Era Renatinha Bola de Gude, garota determinada e conhecida nas rodas da molecagem. Ela queria entrar no bloco da molecada da Vila Cafuné e vinha trazendo também sua lata de tinta e seu pedaço de pau, um cabo de vassoura lustroso. A lata, sem tampa, limpinha por dentro, sem sinal de tinta alguma e pintado com as cores que os meninos tinham definido nos meses antes. Vermelho, preto e azul. Já tinha havido debate entre ela e Joca Preto, se ela podia ou não entrar. Era de tremer.

O mais valente chefe da molecada com a garota mais porreta da Vila Cafuné. Os dois conquistaram seus títulos à base de muita ousadia, arranhão, desacato e habilidade. Se respeitavam no futebol, no rolimã, no gude e na pipa. Eram os melhores na escola, ele em História e Biologia, ela em Física e Matemática. Desbicavam papagaio no ar em julho como ninguém. E os dois, Joca Preto e Renatinha Bola de Gude, tinham as maiores coleções de Gibi de toda a Vila Cafuné.

Encontro de graúdos.

De repente teve um silêncio muito grande no mundo. As latas reluzentes dos dois brilhavam no sol das nove horas. Nem o matinho baixo respirava. Carro não passava na rua, não tinha samba na biroska nem vagabundo nas calçadas. Até os cachorros da Vila baixaram a cabeça.

"A gente também quer entrar".

E nesse "A gente" de Renatinha Bola de Gude apareceram Maroca, Biloca, Magali, Jaqueline, Ana Clara, Karinão. Todas as Meninas da Pesada. Todas com as latas de tinta e paus de ripa, cabo de vassoura, panelas velhas surrupiadas das cozinhas de mães, avós e tias. Todas fortes, reluzentes ao sol

Joca Preto só sorriu.

"Renatinha, dá o Tom! Aêa! Unidos da Cafuné!"

O som encheu o espaço, e o mundo voltou a girar. Todo mundo batendo lata agora, com Renatinha Bola de Gude e Joca Preto mandando o tom. Batucavam. Sincopado, com paradinhas, sem parar, amaciaram os instrumentos. Era bonito de ver. Saíram do terreno depois de uma hora de aquecimento, que a coisa era muito séria e o combinado não sai caro. Foram para o quintal de Becoleco, todo mundo, que a mãe dele tinha dito que ia fazer lanche. Dona Cota se assustou com o pelotão reforçado, mas não disse nada. As outras mães também tinham se combinado sem a molecada saber, e se organizado para deixar a mesa farta. Os pais tinham baixado as garrafas de refrigerantes. Uma surpresa atrás da outra. De repente, o que parecia ser um plano mega secreto da turma de Joca Preto, era o carnaval mais unido e bonito da Vila Cafuné.

O desfile pelas ladeiras estava marcado para as 4 horas da tarde. A meninada comeu, bebeu, descansou. Ouviram os conselhos dos mais velhos, pediram bênçãos. E um por um foram tomar um passe de arruda e guiné, cruzado na testa, de Dona Aninha, benzedeira mais antiga da Cafuné, que já tinha curado todos ali de olho gordo, bucho virado e muita lombriga.

Descansar

Quatro da tarde. É a hora.

Karinão e Biribinha eram os dois mais jovenzinhos da turma. E sem debater coube a eles se revezar, por ordem dos chefes, nas artes dos apitos para dar a largada, parar, mudar de rumo e acabar o desfile. Tinham de ficar de olho sempre em Joca Preto e Renatinha Bola de Gude, sem perder um movimento. A coisa era séria e os dois também.

"Vai! Unidos da Cafuné!"

Que zueira, que zumbizeiro! A molecada seguiu o grito e o apito, batendo furiosamente na cadência ensaiada. Nem o barulho das prensas e fresas das fábricas da Vila, nos dias mais furiosos, teria sido capaz de superar aquilo. Era carnaval e toda a energia estava ali. Joca Preto e Renatinha Bola de Gude comandavam toda a ação. Estavam lado a lado, desfilando na frente do bloco, batendo lata, batendo bumbo, chamando atenção, se ombreando, sorrindo um para o outro. Os pais e as mães dançavam e cantavam ao redor. A molecada da Vila Cafuné era só sorriso.

Domingo na vila.

Passado tanto tempo, eu ainda ouço aqueles tambores no final da tarde, dançando dentro de mim.

A Exposição do Urso Panda

Você é alto demais, pau de vira tripa, magricela. Baixo demais, tampinha, anão, pintor de rodapé. Feio demais, demônio, monstro, resto de acidente. Bonito demais, fru-fru, boneca, boiola. Branco demais, leite, Via Láctea, fantasma. Preto demais, macaco, Tição, Pelé, carvão. Gordo demais, orca, baleia, rolha de poço.

Não tem dó. E você que se vire.

Eu sou preto demais, gordo demais, lento demais, delicado demais, feio demais. Eu sou o cara a ser zoado por qualquer um. Mesmo por outro demais como eu, mas com algo a menos. Geralmente a cor. Quando eu reajo, apanho mais. Quando eu bato e machuco, dizem que não sei a minha força, que não entendi bem, quê quié isso. Eu vou para a diretoria.

Mas eu ainda não tinha um apelido. Meus camaradas, todos fudidos, que nem eu, já tinham: Buiu, Frango de Macumba, Burraldo, Morcego, e por aí vai. Meus camaradas, todos pretos demais. O último foi o Lombriga, que ganhou esse apelido na aula de ciências. O meu também veio de lá. Foi o máximo. Neneca que gritou do fundo da sala. Diguinho sacramentou. Os dois brancos. A professora não entendeu de cara e achou que estava arrasando na explicação. Continuou. Slides e mais slides na porra da parede verde água. Eu saquei. Toda 7ª B sacou. Todo mundo começou a dizer que o bicho na tela era igual a mim Preto demais. Listras brancas e pretas, da minha Adidas, que usava sempre. Barrigona branca. Minha camisa. Cara de bicho pacato. Otário que nem eu. Aqueles zoião redondos. Meus óculos de aro grossos. Em extinção, porque não pegava ninguém. Na mosca.

Eu era o Urso Panda.

Não houve jeito. A sala sentiu que eu tinha ficado puto. Piorou. Quando a professora percebeu, já era tarde. Tentou controlar a situação. Imagina! Eu já era o Urso Panda e nada iria tirar isso de mim. Nem as porradas que eu distribuí. O sangue que eu tirei e cuspi. Nem as ameaças, os quebras que eu tive que aguentar nas aulas de educação física. Handebol era minha preferida. Eu era péssimo em qualquer esporte. Nos dias melhores, era zagueiro. Quando tudo estava cagado, ia para o gol. Em todos os dias, o último a ser escolhido. E nenhuma das calcinhas da 7ª C, 7ª. A, 6ª. B ou quem sabe 8ª. D, se choravam por mim. Nem nos meus sonhos.

Mas a aula de handebol era onde se resolvia boa parte das diferenças. Boa parte dos meus inimigos era atacante. E a meta era fazer o gol, da forma mais espetacular, rápida e violenta que pudesse ser. Medalhar alguém era demais. Arrebentar a bola contra o corpo do outro, como se fosse um soco, uma medalha impressa à força e sangue e dor. Como zagueiro ou goleiro, minha função era impedir o gol, claro. Logo, a meta era medalhar o Urso Panda.

Bolas explodindo no peito, na cara, no saco, no rabo. Vindo de todo lado. Sem pena, sem choro. Quando eu era zagueiro, era melhor. Não tinha técnica, mas também não tinha dó. Gostava de cometer a falta quando o filho da puta estava em pleno ar. Doía mais, caía mais, sangrava mais. A professora dizia que eu era violento. Eu era? E os outros? Ela não tava nem aí. Também me zuava. Um dia ela ofereceu balas de hortelã para os moleques — especialmente aqueles que a gente achava que ela pegava no vestiário —. Acabou na minha vez. Do alto da sua morenice de 40 e tantos anos, ela sorriu seus dentes brancos e mandou: "Mas tudo bem, né? Você não vai beijar ninguém mesmo." E todo mundo riu. Menos eu.

Mais uma para o Urso Panda.

Naquele Dia, o carro da professora de educação física terminou a tarde com dois pneus furados e o capô riscado. Mágica.

***

Passou o tempo e a coisa pareceu sossegar. A zueira de sempre, com menos chutes e socos. O normal. Parecia que sim. Mas eu logo ia ver que não.

Diguinho, Zeca, Rafinha, Japa, Beto andavam todos numa tranquila. Eu até estranhei. No momento, uns meses, tive férias. Só o de sempre. Especialmente porque era mais ou menos perto de fechar o último bimestre. E o Urso Panda aqui era bom em português, biologia, inglês, história, álgebra. Era bom em passar e vender cola. Isso, desde a quinta série, era o meu trunfo para comprar o indulto de Natal.

Mas não naquele ano. Na metade do ano chegou uma nova garota no colégio. Gorda. Nada bonita. Grande. Usava óculos grossos. Aparelho no dente, cabelo amarrado. Saia jeans abaixo do joelho. Seios enormes, presos por sutiãs de vó e a blusa do colégio. Estava na cara que era crente. Estava na cara que era tímida. Estava na cara que era boca virgem.

E, claro, era preta. Bem preta. Estava na cara que era vítima perfeita.

Se tem algo que aprendia bem na escola, era que garotas

podem ser – e são – tão cruéis quanto nós. Ou mais. Fosse buceta, fosse pau, no lombo da coisa preta o sarrafo descia igual. Nenhuma garota aliviou a barra da menina preta novata. Ela não teve vida fácil naquele meio ano que passou conosco. Transferida de outro lugar, sei lá por quê. Para a sorte dela, eram só os dois últimos bimestres. Eu estava lá há quase três anos. Ela quase não fez amigas. Ninguém era tão zuada ou mais ferrada que ela. Tive dó.

 E caí na asneira, um dia, de deixar isso transparecer. Eu falei "Oi" para ela, um dia, na saída da sala, no intervalo. Ela respondeu "Oi". E a gente sorriu. E foi só. O suficiente para Daiana Barbie, Renatinha Maloqueira, Soraia Madame e Jucicleide Mão Grande, as líderes da sétima e oitava C, armarem um conselho de chefes com seus comparsas machos.

***

 Com os tijolos vazados, separando em dois pavilhões de dois andares com pátio no meio, nossa escola parecia uma prisão. Das paredes desbotados de tijolos vazados, cuja existência é argumentada como circulação de ar, dava para ver o que se passava nas salas de um lado ao outro, já que do lado oposto estavam as janelas grandes de vidro.

 Pois bem.

 Um dia, eu estava de bobeira e guarda baixa. Resisti, mas caí na armadilha, não sem algumas ameaças, de me dirigir para uma sala em particular do pavilhão. Era uma hora de intervalo, de uns 20 minutos. Esta sala não tinha aula, estava vazia. E a ideia é que lá, finalmente, iam me apresentar à "Feirinha", local para iniciados onde se trocavam coisas como cigarros, baseados, carteado de mulher nua, garrafinha de pinga e tals. A coisa era toda bem armada. Só entravam na rede os maiorais, os picassos. Eu baixei a guarda e me achei um Picasso.

Logo que entrei na sala, empurrado pelos Japonês, a porta se fechou atrás de mim. Eu estava sozinho. E não tinha bagulho nenhum naquela porra.

Dancei.

Aquele frio na espinha foi subindo. Uma sala branca, com carteiras empilhadas, as janelas amplas. O pátio lá embaixo, curiosamente mais vazio que o normal. Do outro lado, o outro pavilhão de tijolos vazados, com sombras curiosas nos corredores de lá. Enquanto eu pensava sobre isso e em como dar o fora dali, a porta se abriu de novo e foi empurrada para dentro a garota novata, a mais nova condenada do colégio.

Tudo era silêncio. Tudo começou a rodar.

A gente se olhou. A sala rodava para mim, acho que para ela também. Do outro lado do pátio, pelos tijolos vazados, vinham os gritos dos outros animais: "Beija! Beija! Beija!" E aquilo vinha num crescendo, invadindo a mente, a cabeça da gente, não deixando espaço para nada. Nos olhos, algo ruim que também crescia. E vinha de dentro, dos anos, das dores demais. Então, sem outra razão, sem nos falarmos, nos demos as mãos por um instante e passamos em seguida a levantar as carteiras, jogá-las contra as paredes, contra as janelas, as carteiras brancas e verdes, nas janelas transparentes, rumo ao pátio branco. Jogamos com força e alegria, com as mãos dadas e cheias de raiva dos anos. Vocês conseguiram, os animais ganharam uma outra natureza. Os Ursos Pandas de mãos dadas e cacos de vidro espalhados pelos corpos. Viramos outros seres.

    E eu me lembro bem do sorriso largo e bonito de Márcia, do beijo demorado molhado de lágrima, e sua face sossegada, quando finalmente alcançamos o chão do pátio branco, silencioso, no nosso crescente sumidouro vermelho.

Sumidouro

Era uma árvore de tronco marrom escuro e vincada pelo tempo, raízes mais fundas do que poderia suspeitar, que se entranhavam em todos nós, mais fundas do que poderíamos imaginar. Minha vó era Paina.

Eu adorava seus cabelos brancos e bem penteados, trançados para trás. Seu cabelo branquinho e sua pele preta lisa. Sua voz arrastada e seus olhos vivazes. Vovó. Vó. Vó Paina. Vó desbocada, Vó palavrão, que me ensinou vários, cabeludos feitos suas madeixas largas. Vó Paina, que ao tombar, um dia, derrubou todos nós, deixando um vazio tão grande.

Ma Tonha era sua mãe que não gostava de tirar fotos, pois arrancava a alma das gentes. Foi laçada e trazida do mato índio para casar. Ma Tonha não gostava do homem, mas sim de seus filhos e os filhos de seus filhos. Vigiava todos nós que passávamos pela sala, ao lado do pilão grande. Ma Tonha, sentada em sua cadeira, com seus cabelos trançados, com sua roupa de domingo todos os dias, com seu olhar triste e sério. Sentada durante anos naquela fotografia, a única que roubou sua alma, que de preto e branco foi se tornando verde com os anos.

Ela e o pilão grande, que Paina dizia ter sido de gente antiga da gente, que eu não sei mais contar, e que ela talvez não soubesse também. Mas gente antiga da gente que tinha socado de tudo ali, com aquela mão grande do pilão enorme, que eu demorei muito tempo para poder enxergar o interior e ver que era ainda maior por dentro que por fora, já que toda vez que eu debruçava minha cabeça dentro do pilão, não sei por que, tinha sensação de mergulhar em sumidouro, daqueles que Vô Onça Saci falava que existia nos matos que ele tanto andava. Sumidouro de meninos como eu, curiosos como eu, arteiros feito todos. O pilão grande que gente da gente tinha socado de tudo um pouco e um muito de cada um da gente da gente de antigamente, e que desapareceu no dia que Vó Paina tombou.

 Meu tio bisavô Agostinho morreu numa tarde em que lavava seus pés numa bacia costumeira, dentro de sua casa avarandada para a rua. Ele era um negro bonito, baixinho e de bigodes brancos respeitáveis, de fala engraçada e arrastada. Agostinho era irmão da avó de Paina, mãe de seu pai. Agostinho era Baobá, que diziam ter atravessado as águas que diziam ser salgadas de um tempo chamado Oceano, e que falava arrastado assim porque vinha de uma terra muito longe, de gente muito preta e muito bonita e muito rica, que um dia mergulharam no tempo Oceano e daí vieram parar aqui. Vó Paina gostava de me contar assim essa história de Tio Agostinho, o Africano, o tio-avô de quem ela mais gostava e de quem toda vez que contava chegava no mesmo ponto da história, com a voz murchada:

 "Ele era dono de um casarão na rua Joaquim José, que tinha varanda, que tinha quintal. E no quintal, muita árvore de fruta doce e boa, feito jaca e manga. Ele era um homem doce e um homem engraçado. E um homem negro, que tinha feito dinheiro com trabalho na capital. Tio Agostinho se vestia sempre bem, estava sempre cheiroso. Mas não gostava de usar sapato, porque dizia que apertava muito os pés, especialmente dentro de casa. Só botava sapato quando tinha que ir para a rua resolver coisa importante. Ele era bonito e era bonito de ver aquele negro bonito de chapéu, camisa de algodão branca, paletó cinza e calça sempre bem alinhada e passada, andando pela casa e pelo quintal de pés no chão. E todo mundo que passava pela rua e via ele no quintal e na varanda dizia 'Boas tardes, seu Agostinho', 'Bons dias, seu Agostinho', e ele respondia naquela fala engraçada e arrastada dele, com seu sorriso branco e bonito naquela pele bem preta, feito jabuticaba bonita, que ele tinha. E Tio Agostinho gostava muito de criança e de brincar."

Ele brincava muito com Paina e lhe fazia brinquedos e dava de presente, como boi de mamão verde da casa ou de madeira que ele mesmo entalhava. Ou ainda mandava buscar no armazém ou no trem que vinha de São Paulo.

"São Paulo, da sua terra, menino. Tio Agostinho gostava muito de São Paulo, que dizia que tinha sido seu tempo bem melhor que o tempo Oceano do pai dele, e de antes deles todos virem aqui para cá, onde ele tinha casa na rua Joaquim José. Ele gostava muito de criança, mas ele e a mulher dele..." era aí que a voz de Paina começava a murchar "... ele e a mulher dele não puderam ter filhos. O tempo tinha passado para isso, e eles gostavam das crianças dos outros. Ela era grande e bonita, mulher de pele clara, que deixava todo mundo na cidade naquele tempo, ainda perto do tempo Oceano, muito ressabiado". Por que, Vovó?

"Ah, as coisas a gente vai sabendo enquanto cresce, menino. Mas ela parecia gostar dele, mesmo que às vezes eles falassem coisas em línguas arrastadas deles, diferentes as dos dois, e ele gostava muito dela, sim. E eles gostavam muito de mim. Mas um dia, Tia Maurizia, era o nome dela, dormiu e não acordou mais. E as árvores da casa de Tio Agostinho e a cor das paredes e as janelas da varanda do casarão começaram a perder a cor que tinham. Tio Agostinho passou a sair cada vez menos de casa, a falar menos, a sorrir pouco, e sua fala arrastada passou a ficar cada vez mais devagar. Um dia ele falou para os empregados do casarão que ia se banhar na bacia grande de sempre, para mais tarde ir jantar com eles, como sempre. E todo mundo esperou, com o ponteiro das horas se arrastando da tarde para a noite. Tio Agostinho, então, foi achado no seu quarto, bem limpo e bem vestido, sentado no seu cadeirão, os pés na bacia de água morninha ainda, mas muito vermelha, com a fotografia de Tia Maurizia agarrada na mão. E a rua Joaquim José chorou muito naquela noite".

 O dia seguinte, Paina me disse, foi um tal de carros e cavalos passando por aquela que era, então, a rua principal da cidade, para poder conduzir Tio Agostinho à sua última casa. Paina me disse que ele iria ali fazer o caminho de volta ao tempo Oceano, e retornar a ser o Africano, agora com outro nome, e rever a gente da nossa gente, como a gente um dia iria fazer. "Eu também, Vovó?" Sim, sim, sim, ela falava, como sempre gostava de repetir. Sim, sim, sim. A gente tudo ia refazer o tempo Oceano.

 Paina gostava muito de contar as histórias de dois de seus irmãos, também. Ela tinha sido uma menina muito arteira! Vovô Onça Saci, marido de Paina, gostava de dizer que a conheceu nas brincadeiras, e que ela ganhava de todos nós. Mas já conto uma ou duas histórias dele. Paina gostava de falar de Cosme e de Damião, seus irmãos. Eu conheci os dois. Cosme ficava sentado todo dia na estação de trem da cidade, de barba grande e branca, meio limpo, meio sujo, com uma garrafa de lado. Paina adorava ele, e minha mãe também. E ralhava toda vez que alguém dizia que ele era algum daqueles nomes feios que as pessoas põem nas outras que "sentem todas as dores do mundo mais que todas as outras". Eu gostava quando ela falava assim, que tinha gente que sentia mais o mundo que todos os outros, e isso me fez gostar muito de Tio Cosme do Trem, que Vó Paina esperava quase todo fim de tarde com o portão aberto para deixar ele entrar, com um prato quente de comida na mesa para ele jantar e um canto na casa se ele quisesse dormir e se banhar. Tio Cosme do Trem era muito bom, e toda vez que a gente chegava na cidade, minha mãe fazia meu pai parar o carro para que a gente pedisse a benção dele e lhe desse um abraço, não importando como ele estivesse. E não importava que às vezes ele estivesse bravo com alguma coisa do mundo, sentindo mais que a gente, e que dissesse alguma palavra feia. A gente não escutava. E Paina, sabendo que a gente ia chegar, perguntava para minha mãe se a gente tinha visto Tio Cosme na frente da estação de trem. E ela lhe esperava de tardinha com o portão aberto. E foi assim também até que ele também tivesse pego o bordejar do tempo Oceano.

De Tio Damião, quando Paina falava, ela chorava. Ela também amava esse irmão, mas por conta de ser muito arteira, numa das brincadeiras, ela feriu Damião de um jeito que ela, Paina, nunca se perdoou. Paina era danada! Ela, mais velha, ensinou, sabe lá como, a todo a mundo trepar em árvore, fazer armadilha de passarinho, empinar papagaio e fazer avião de papel. Ela dizia como: com o pai, antes desse também cruzar o tempo Oceano e deixar Paina e Ma Tonha sozinhas com mais cinco negrinhos em casa. Mas foi antes que Paina feriu Tio Damião. Numa dessas brincadeiras da casa, Paina pegou da folha de um caderno da escola e fez avião. Ela gostava de escola. Mas gostava de brincar também. E ela fez avião e eles brincaram a tarde toda de soltar no ar aquelas asas de papel, batalhando feito na Grande Guerra que ela ouvira falar na escola.

Só que num desses voos, a aeronave fez uma volta que não devia, tomou gosto pelo ar, rodopiou com vento com força e num ataque fulminante seu bico pontudo acertou direitinho um olho de Tio Damião.

Ele foi sempre o nosso único sobrevivente de uma guerra.

Ma Tonha, quando chegou em casa, desesperou, surrou Paina, cuidou de Damião, que levou na farmácia e no hospital. Ali ficou certo que ele nunca mais iria enxergar de uma das vistas. E Ma Tonha decretou que, daquele dia em diante, Paina não tinha mais tempo para brincar ou estudar. Foi assim que ela cedinho começou a apanhar algodão, café, esterco, limpar chão, nanar bebê de gente rica, esfregar com palha de aço e passar com ferro de engomar, de domingo a domingo. Mas Paina não guardava rancor. Só arrependimento pela batalha daquele seu Barão Negro que abateu nosso herói de guerra familiar.

Mas e Vovô Onça Saci? Ah, esse é um caso à parte, história que um dia eu conto mais. Só vou contar porque eu o chamava assim. Vovô era um homem bom, daqueles do tempo em que se usava chapéu de feltro. Ele mesmo depois desse tempo ter passado há muito, nunca dispensou o costume. E só tirava em casa, deixando guardado atrás da porta, com os vincos desenhados que ele gostava. Vovô fez de tudo, e nessas andanças conheceu Paina desde criança, sempre garrado nela, até que um dia se garraram de vez. Ele carregou saco na estação de trem, trabalhou na lavoura, cuidou de cana de açúcar, café, manobrou em engenhos. Conhecia o mato como ninguém. Chamava as plantas e os bichos pelos nomes que tinham ou que inventava. "E se eu invento", ele dizia, "eles passam a existir". Eu adorava Vovô. Ele me sentava numa cadeira do lado dele nas tardes de domingo que eu passava nas férias com ele e Paina, e ele me contava tudo que se pode saber do mundo, do mundo grande e do mundo deles, e de gente da gente que tinha, há muito pego, a estrada do tempo Oceano.

Quando já moço, forte e bonito, perto de casar com Paina, nessas andanças no mato, que tanto deixavam Nha Nhana, sua mãe, preocupada, pois de fim de semana era capaz de ficar o dia e quase à noite dentro de floresta atrás de pássaro e flor, Vovô teve o segundo encontro mais marcante de sua vida. O primeiro foi com Paina. Mas este o tinha deixado com medo. "Quase branco", ele dizia, toda vez que contava essa história e ria seu riso largo, enchendo a sala.

Tudo tinha começado com um "Fi firi fiu fiu", bem agudo e baixinho, que ele gostava de imitar. Ele não sabia de onde vinha, só que vinha cada vez mais perto e mexendo no mato, assustando os bichos. Não era gente nem animal. E de repente tudo ficava em silêncio, cada vez mais silencioso. Vovô, que era homem macho e sem temor, orgulhoso de si e de tanta proeza, e que pela bravura tinha recebido o apelido de Onça, fazia o sinal da cruz e chamava por Ogum e Oxalá. Tinha cada vez mais vontade de saber de onde vinha aquilo, xingando que, se fosse algum dos camaradas da estação, aquilo ia acabar mal. Mas percebeu que não era isso, e foi tendo receio. "Medo, não, seu Menino. Receio. Que é diferente". E ele corria e corria e perdia a noção do tempo e do espaço, para dentro daquele mato que ele conhecia ou achava que conhecia tão bem.

E foi correndo e andando e correndo e andando, vendo redemoinhos de vento se formando, de tempo em tempo, se formando em montes de folhas, que ele se lembrou da história do Menino Preto de chapéu vermelho e cachimbo aceso, com um pé só virado para trás, de suas artimanhas e travessuras a quem entrava no mato sem pedir licença, como se a casa fosse sua. E não era. Assim, neste estado de suor e cansaço, de corrida e de pedidos de "Valei-me" e de licenças atrasadas, que ele atravessou a noite e a Hora Grande, acordando apenas de manhã clara, com Nha Nhana fazendo promessas e seu pai e irmãos organizando buscas, dando com ele correndo pra fora do mato, quando o Menino Preto de chapéu cansou de brincar e aceitou todas as promessas e pedidos de desculpas de Vovô, que assim se tornou Vovô Onça Saci, corrido do mato, para todo o sempre, para mim.

Eu me deliciava com essas histórias todas, e depois tinha que brigar com o sono de tanto tentar lembrar ou de ficar com medo. E todas as vezes que eu ia passar férias na casa de Paina e Onça Saci, eu lhe pedia que contasse sempre a mesma história, "de como um dia ele correu de um Saci do meio do mato". E ele contava, nunca mudando de versão, fazendo dela cada vez mais verdadeira com o passar dos anos. Até quando ele foi ficando cada vez mais mirrado e fraco em casa, com alguma coisa que lhe comia por dentro e que os doutores diziam já estar avançado e sem solução. Até nesse dia, quando ele me disse, eu já homem barbado, "Seu Menino, chegou a minha vez de atravessar o Oceano", ele não quis partir sem contar a sua história, que eu já conhecia palavra por palavra. E o Oceano vai recebendo todas as histórias das gentes de nossa gente de casa, sovadas pelo pilão grande da sala, que se foram e se vão escorrendo em mim e no sumidouro do tempo.

Gosto de Amora

Eram rosas e azuis e faziam uma enorme planície de cores em contraste com o verde do chão. Na minha cabeça era um campo grande, gigante, tão grande quanto meu pai, cujos passos eu mal conseguia acompanhar. Eu me lembro de caminhar e às vezes saltar para poder apressar meu passo, como ele a todo instante falava que eu deveria fazer. Mas eu gostava, ele não falava mal, era bonito de ouvir, bom. Meu pai era um homem cheio de conselhos e ditados. "Apressa o passo, que cobra que não anda não engole sapo". Eu não entendia bem aquilo, e ficava imaginando uma cobra parada em sua toca, sem mover os pés – sim, eu pensava que cobras tinham pés, já que ele dizia que elas precisavam andar para engolir sapos – vendo a vida passar e os sapos, sapinhos e pererecas olhando em desafio, dizendo "dona cobra, não vai me engolir? Venha cá fora, dona cobra", com a voz como naquela história que ele contava toda noite para mim, antes de dormir, da *Festa no Céu*, e como o sapo astucioso fez para chegar no baile do céu. O sapo, para mim, era o bicho mais inteligente do mundo, mais inconformado, também, e o mais sofrido. Especialmente o cururu, todo rajado preto, das suas cicatrizes. Desafiava a cobra, bolava um plano para subir aos céus, se esborrachava todo no chão, caído de um lombo de pássaro ou de uma nuvem (a história mudava toda noite, mas eu gostava dos dois caminhos) e voltava no dia seguinte para fazer tudo de novo.

Cobra que não anda não engole sapo, então eu tinha que ser rápido para chegar ao nosso destino, a todos os destinos do mundo, em passos largos apressados, como aprendi com meu pai.

Eram rosas e azuis, e eu nunca entendia muito bem porque meu pai parava na Floricultura Formosa – era sempre a mesma – para cumprimentar o homem velho, gordo, preto, de longa barba branca e risada alta. Ele dizia sempre a mesma coisa: "É o menino! Ei, menino, leve uma flor para sua vó, outra para seu tio e esta aqui para seu irmãozinho. E tome seu pirulito". Eu tinha um irmão que nunca saía daquele campo rosa e azul, junto da minha avó e do meu tio. A gente visitava eles, junto de um monte de gente que eu nunca lembrava direito o nome, mas que meu pai dizia ser tudo Parente, parente nosso. E eu nunca entendia porque todo mundo morava no mesmo campo verde, mas eu ia, com meu Pai Gigante, Gigante forte e preto, com cheiro bom de banho tomado de manhã, junto comigo, que ele fazia questão que a gente tomasse todo dia e penteasse o que ele chamava de "a nossa raiz", toda para trás, e passasse desodorante, lavasse o rosto, escovasse o dente e arrumasse a cama... eu achava meio chato tudo aquilo, todo dia, mas cobra que não andava não engolia sapo, meu Gigante Preto fazia questão de dizer. E se seu rateasse, ele se fingia de bravo ou ficava muito mau mesmo, e me controlava só com o olhar para dizer aquele ditado que eu mais temia: *passarinho que come pedra, sabe o intestino que tem*. Meu, eu não conseguia deixar de pensar no suplício que seria comer pedra, com ou sem opção, e como ela sairia depois. E me dava um medo, igual quando minha avó Dita dizia que, se a gente comesse laranja ou melancia com semente, as sementes iriam brotar dentro da gente. Eu não queria comer pedra, nem semente de laranja ou melancia, nem imaginar como isso tudo iria sair de dentro de mim, então eu fazia, fazia tudo, temendo o pior que a voz do Gigante Preto era capaz de dizer.

    E eu não queria deixar caírem no chão aquelas flores que o velho gordo preto de barba branca da Floricultura Formosa me deu. Eu queria entregar pro meu irmão, que meu pai dizia ter ido embora um pouco antes de eu nascer, e que agora morava ali com a gente nossa e era feliz. Eu não sei como meu irmão fazia, porque já achava muito difícil morar na nossa casa, nossos pais e o outro irmão nosso. Já era bem complicado. E ele morava com aquele mundo de gente. Será que tinha regras, se tinha que tomar banho, comer, acordar na hora certa? Será que ele tinha que ir para escola todo dia e ficar fazendo conta e um monte de coisa chata? Eu sempre perguntava pro meu irmão, mas ele só sorria, sempre o mesmo sorriso, piscando maroto, numa foto dele garoto, e se eu ouvia a sua voz, era apenas dentro de mim, atrapalhada pelo meu pai, que estava sempre colocando a mão no rosto quando a gente chegava na casa azul do meu irmão. E a mão do Gigante voltava toda molhada lá de cima do seu céu, me abraçando forte contra seu peito. Eu não entendia nada.

    Eu sempre deixava meu Pai Gigante um pouco sozinho, porque ele havia me ensinado que às vezes o silêncio falava muito alto e a gente precisava andar um pouco para poder ouvir a voz do vento. Então, eu andava pela casa azul do meu irmão, pela casa rosa e desbotada da minha avó e via que elas eram todas parecidas com outras casas azuis e rosas de tanta gente ali naquele campo verde e bonito, onde o vento fazia curvas e mais curvas, falando alto em silêncio, até que eu chegasse ao meu lugar preferido dali da casa de todo mundo.

    Era uma parede enorme, com uma galeria de retratos de gente

muito antiga ou de moradores novos que estavam por ali. Eles me ajudavam nas aulas de matemática, porque eu ficava fazendo conta, com os números que meu pai me ensinou, que significavam quando aquelas pessoas tinham chegado ao mundo e quando tinham chegado à "Casa da Formosa", como ele gostava de dizer. Eu sempre perguntava a ele se algum dia a gente iria morar ali também, e ele me dizia que sim. Então, eu ficava fazendo conta para saber quanto tempo as pessoas demoravam para mudar de casa e ficava meio espantado quando parecia que tinha gente não levava nem um ano, enquanto outros ficavam uns oitenta ou mais ali, indecisos, entre uma morada e outra.

    Mas o que eu gostava mesmo do paredão não era ele em si, nem as fotos, nem tanto os números, quanto o sabor daquelas frutinhas pretas bem doces, que a árvore que saía de trás dele, dava. Era grande, enorme, porque tudo era gigante pra mim. E toda vez que eu ia visitar meu irmão, minha avó e aquele mundo todo de gente que morava ali, eu não podia sair de lá sem visitar a árvore gigante que dava aquela fruta preta como a gente, doce como minha vó Dita e cheia de bolinha feito a cara do meu irmão mais velho em nossa casa. Que meu pai dizia que o nome era feminino de amor. E eu não me importava que ela sujasse a minha mão, mas minha mãe ficava uma arara quando a gente chegava e eu tinha mancha preta, roxa, bordô, pela camisa e pelo calção. Meu pai me ajudava a lavar e limpar, e sempre trazia com ele também um saco cheio de amoras.

    E quando minha mãe sempre perguntava como e por que eu conseguia trazer aquilo tudo, eu dizia que tinha pedido licença, igual ela tinha me ensinado, para toda aquela gente que morava ali. E que tinha pedido direitinho para poder subir em algum daqueles telhados rosas ou azuis de lá e começar pegar as amoras e colocar no saco, que eu trazia guardado no bolso escondido do calção. E que sempre eu não via chegar o Gigante Preto Pai atrás de mim, que me colocava nos ombros para que eu pudesse chegar nos galhos mais altos, e que me falava que, se eu tivesse pedido licença com educação, estava tudo bem, que eles iam deixar eu pegar, e que ficava ainda mais doce, porque amora era feminino de amor. E que um dia todos nós iríamos morar ali e dar frutas doces uns para os outros e para quem mais visitasse a nossa casa. Eu perguntava, então, sempre para o meu pai quando a gente poderia se mudar, porque tudo ali parecia ser mais legal que a escola e o chato do meu irmão e a molecada da rua de cima. E o vento ria alto de mim, enquanto a tarde caía sobre nós.

Homem em Janeiro

Eu não me amo
Mas me persigo
Bonita palavra, perseguir
Eu persigo São Paulo
Eu persigo São Paulo

Itamar Assumpção

Menino a caminho

Ao som de *Beatrice*, de Sam Rivers

Quando Chet Baker morreu, em treze de maio de 1988, eu tinha seis anos e me lembro que deu na TV Cultura. Não sei se eu sabia quem era Chet, mas me chamou a atenção, sem dúvida, tanta gente falando das fotos de um homem novo e também velho, de rosto primeiramente liso, depois todo enrugado, cheio de música tocando nas imagens. Lembro que gostei.

Lembro que meu pai gritou do banho, onde ele estava, que não queria que eu visse aquilo. Eu insisti. Lembro dele gigante, vir à sala, tomando o controle da minha mão, trocar de canal e me perguntar quase como numa bofetada sobre o que eu entendia de jazz ou de Chet ou de pessoas se jogando da janela de um quarto de hotel em Amsterdã.

Eu não entendia nada mesmo, e talvez essa história eu tenha visto na tevê alguns anos depois, quem sabe aos dez ou doze anos, em algum momento comemorativo da morte de Chet. Que estranho comemorarem a morte de alguém, eu devo ter pensado. Mesmo assim, me chamou a atenção de que o fizessem, e se eu não houvesse visto da primeira vez de fato, aos seis anos, agora eu certamente havia visto a história de Chet caindo ou se jogando de uma janela de um quarto de hotel em Amsterdã naquele 1988 ou 1992 ou ainda 1994, e ainda assim me lembro sempre de meu pai furioso sair meio molhado do banho, tomar o controle da minha mão e me perguntar sobre o que eu sabia daquele gênero que poucas vezes tinha gente cantando – embora Chet fosse aí um mestre, e um mestre dos suspiros, em especial – com coisas estrangeiras de um cara estranho e com uma vida nada exemplar. Segundo meu pai, um suicida. Acho que foi a primeira vez que ouvi a palavra, aos seis ou aos dez anos, e a partir de então, suicídio e música e arte estiveram ligados para mim, embora houvessem dúvidas, como ainda há, ainda hoje, de que Chet não tenha se jogado, ou que tenha apenas se distraído na janela do seu quarto de hotel e despencado. Ou quem sabe, ainda, tenha sido morto.

Mas se ainda assim o foi aos dez anos, eu ainda nada sabia do que era o jazz, quem era Chet ou mesmo sobre pessoas se atirando num hotel à beira de um canal de Amsterdã. Eu nunca fui a Amsterdã. De toda maneira, isso ficou em mim, ficou mesmo. Será que a ponto de talvez ter sido por aí que comecei a gostar de jazz? De Chet? De seus suspiros e intervalos silenciosos? E de querer, como todo mundo, perguntar o que lhe aconteceu nos seus momentos finais, no que pensava, no porquê o vazio de suas notas não foram mais, talvez, capazes de completá-lo como me completaram aos dezessete anos, quando, numa emoção radiante, eu reencontrei aquele moço velho suicida Chet numa banca da faculdade, vendido em segunda ou terceira mão, e o levei para casa doido para saber, finalmente, algo sobre o Chet que se atirara, fora jogado ou simplesmente se distraíra na beirada de uma janela de um hotel numa manhã à beira do canal.

Parece que a gente sempre procura na fotografia de um suicida um motivo, como se ele se reduzisse àquele momento. Como se tudo o que ele houvesse feito até então entrasse em colapso. Porque, de uma hora para outra, a vida talvez tenha doído demais, mais do que alguém pode suportar, e se quer simplesmente que a dor, a ansiedade, os problemas, a quantidade de desencontros e negativas cheguem ao fim, e não apenas ao final de um dia longo, com uma cama aconchegante, um banho demorado e uma boa noite de sono. Não, não é o bastante. Também não é a beleza de um amanhecer, com sol ou neblina, chuva ou calor escaldante, mesmo sendo dos canais de Amsterdã ou qualquer outro lugar do mundo. Às vezes é apenas isso, o fim, em si e por si mesmo, com a sensação de que tudo já foi tentado e feito e dito e concluído. E então, de repente, um monte de gente quer fazer perguntas, como se houvesse alguma necessidade e como se elas fossem necessariamente conduzir a alguma resposta que mudasse o fato em si.

Enquanto várias vezes a mesma música de Chet toca no aparelho da sala, eu o ouço dizer que o mundo é duro e belo, que ele e eu sabemos da nossa importância e sabemos também que não somos nada importantes. Que eu sei que é bom estar aqui e que tenho um lugar. E que ele e eu sabemos que não faz também nenhuma diferença, nenhuma, estar aqui. Sabemos. Chet sabia. As coisas continuariam a existir e a se destruir com ele aqui ou não. Agora, inclusive, ele é um ponto turístico à beira do canal em Amsterdã, com sua face esculpida a formão numa placa de bronze esverdeada, fazendo a alegria de turistas num hotel, maravilhados por terem descoberto que ele morreu naquele local.

***

E o que eu me tornei? Alguém que sonha com lugares esfumaçados, mesas com pouca luz, conversas de pé de ouvido, quebradas apenas pelos sons de gelo estalando nos copos ou pelo anúncio de que Chet subirá ao palco em instantes, com seus óculos escuros de juventude ou com seu rosto machetado e boca carcomida pelos socos e vício que a vida lhe deu. Esse é o sonho. O dia a dia é o acordar das cinco da manhã, o espremer do trem, do metrô e da van, Chet no fone do ouvido e um sarobo alheio encostado no meu rabo, espremido entre barras e outros como eu, cheio de sonhos nos fones de ouvido e olheiras e contas para pagar. A interrupção costumeira de "Bom dia, pessoal. Desculpe incomodar o momento de vocês, eu estou aqui pedindo porque tenho uma filha pra criar, doente, o leite tá caro..." "Eu podia estar roubando, mas é melhor pedir que roubar...". O dia a dia passando pela janela do trem. "São Paulo: não há saídas. Só túneis e avenidas", canta Itamar.

O sonho de ser doutor. O primeiro doutor da família. O primeiro doutor negro. O primeiro da família na faculdade. O túnel engole. "Próxima estação… Paraíso". O sacrifício. Coltrane, Basquiat, Itamar. Chet. Olhar que se cruza na tela preta da janela. A moça bonita gostou de mim? Sorriu? Retribuo. Sonharei com ela ou ela desce na mesma estação que eu? É bonita e tem o sorriso espremido entre os dentes e as mesmas olheiras. Sonha? Sonha comigo? A pasta espremida contra os peitos. O braço estendido na barra de ferro. O lambe-lambe na entrada da estação avisa: *Todo vagão tem um pouco de navio negreiro.*

Quando eu era criança, queria ser vagabundo quando crescesse. Tinha toda uma explicação para isso: era a melhor ocupação do mundo. Eu via meus pais se lascando para sustentar a gente, sempre brigando com os números do mês, economizando tudo, usando roupa puída ou costurada. E aquela ladainha: "Não é para faltar nada para vocês. A gente tira da nossa boca para pôr na de vocês". Porra, eu não pedi nada disso. "Estude, estude, estude! Acorde estudando, almoce estudando, estude estudando, durma estudando". Estudar era a coisa mais chata do mundo. Especialmente os números, malditos, que a dona Nina punha na lousa para a gente dividir na chave de dois. Gostava só de História e Português, de história de guerra e de aprender a falar certo. E quando a coisa apertava: "Você é arrimo de família? Está doente? Come mal? Dorme mal? Tem algum problema? Então trate de passar de ano. Ou vai começar a trabalhar já". Como querer outra vida que não a de vagabundo?

Obviamente, meus pais discordaram.

E eis-me aqui. Sucesso.

Agora eu penso na moça bonita que se foi há duas estações debaixo da terra. Pasta colada aos peitos, olheiras de dias, batom lilás contrastando com o amarelo das paredes do metrô, o cinza da estação. Estava em busca de seu destino. Ela se chamará *Beatrice*, como nessa interpretação linda de Chet, acompanhado por um jovem tão cheio de sonhos na guitarra, de nome inocente, Phillipe. Trompete, guitarra, piano, só, o velho Chet ensinando algo sobre a passagem do tempo da vida e a fugacidade dos encontros. Por que eu não fui atrás de Beatrice? Porque eram apenas sete da manhã, mas e daí? A vida pulsa independente do tempo, e a gente morre subitamente de maneira idiota, ao sair da estação. Como Beatrice pode estar morta atropelada, agora, por um carro, um motorista doido para fazer cada vez mais corridas, singrando as ruas da cidade e ouvindo histórias e mais histórias de sonhos frustrados. Morta sem saber de mim, de Chet, de seu nome numa interpretação dos anos 80, digitalizada no meu fone de ouvido. O sangue de Beatrice gotejando pelo bueiro como os dedos de Chet ao piano. Eu vou ao seu encontro, quem sabe um dia.

O sol arde. Quanto pesa a sombra de um homem negro?

Repito a pergunta tantas vezes quanto coloco "Beatrice" em repetição. O fone parece quase adivinhar quando eu vou quase me emocionar a ponto de não saber bem onde estou e por que, passo após passo, eu caminho em direção a um destino incerto. O que foi feito de toda aquela certeza agora? Primeiro doutor, primeiro doutor negro, primeiro.... Para quê? A corrida me fez chegar até aqui. Cheguei onde queria, me disse uma amante magoada numa manhã amarela: um homem negro cuja sombra pesa sob o sol, saído das profundezas da terra, deixando para trás aquele que poderia ser o amor da sua vida. Mas a liberdade é azul, a fraternidade é vermelha, a igualdade é branca. O amor é branco. O amor romântico é branco. A dor é negra, a solidão é negra, a solidão é a de um homem negro, perdida à beira de um canal sujo de rio poluído, um rio de memórias insatisfeitas, de vidas que ficaram pelo caminho, várias, todas tortas e erradas, num parto de montanha, cuja gota elixir sou eu.

Não nos decepcione, gritam as almas do Beco do Aflitos, no bairro da Liberdade.

***

Caminho pelo meu sonho de andar pela cidade, de travar um corpo a corpo com a vida e vencer e chegar lá e conquistar o que sei que pode ser meu, apesar de todos os contrários. Faço isso todos os dias, há anos, muitos anos mesmo, e a minha pele se contorce com as navalhadas e chibatadas que recebo. Faço isso há nos e consegui. Cheguei lá. É o que digo duas vezes por mês com vaso de flores brancas, suas preferidas, depositado no túmulo de minha mãe. Cheguei lá, mãe. Valeu a pena? Seu menino, seu garoto, o Barbudinho, o Maluquinho, eu, estou aqui, o primeiro doutor, o nosso primeiro doutor negro, nosso primeiro sujeito importante que todos param para ouvir ao abrir a boca em público, ao lecionar na universidade, ao palestrar na televisão, ao escrever um livro e lançá-lo em noite de festa no Conjunto Nacional. Sou eu, mãe. Seu corpo, frio e comido pelos vermes do caixão, pode me ouvir? O que havia de seus olhos pode me ver aqui, agora? No lugar onde estou, onde a senhora fez tanta questão que eu chegasse, onde tanto foi feito para que meu caminho não se desviasse. E para que nada, nada, atrapalhasse essa linha reta imaginária, retificada como o trajeto do metrô sob a terra. Para que eu, apenas eu, Estrela Solitária, chegasse até aqui? A senhora pode me ouvir, ouvir minhas peripécias contadas à sua foto emoldurada em bronze, do que escrevi, li, fiz, contei? Quem amei, quem odiei, qual o meu próximo projeto? Cheguei aqui, mãe. Valeu a pena?

Foi esta a pergunta que Chet se fez naquela manhã de 13 de maio de 1988, na ponta da janela à beira do canal de Amsterdã? Treze de Maio. Ele não sabia e nem podia saber o que isto significava para nós, certo, pai? Foi por isso que o senhor veio correndo enraivecido, saído do banho, arrancar o controle da minha mão para que eu não visse aquele "branco velho bicha fracassado suicida", como o senhor disse, e sim "imagens positivas sobre nosso povo, nossa raça, nossa gente", para que eu não me desviasse do caminho? Para que a vida, que é tudo menos uma linha reta, o fosse para mim, e que eu pudesse fazer o caminho histórico da **Consolação-Liberdade-Paraíso,** superando todos aqueles de nós que ficamos pelo caminho. Eu, o preto, o negro, o Um em Cem, o Um em Mil, o Um em Milhões. Eu, o Negro, cuja sombra pesa como sacas de café, arroz, trigo, açúcar, ferro. Cuja sombra fede a tigres, é vermelha à pau brasil, é dura à madeira de lei, é cinzenta ao fogo das caldeiras. Eu, o Negro, cujos passos são dormentes de trem, piche de asfalto, aço laminado, barro, pedra e pó e nunca mais.

Não, não me desviei do caminho, mas me pergunto se eu queria trilhar este passo. A dúvida também é branca, eu não posso tê-la. Nem a escolha, cuja cor eu desconheço, mas negra ela certamente não é. Chet fez uma escolha ao se jogar da janela do hotel. Ou ele fez uma escolha ao pedir que seu traficante lhe trouxesse os remédios que usava agora, nos anos oitenta, no lugar de tanta heroína. Ele fez uma escolha: *Let's get lost*. Chet era branco, ouço meu pai dizer, num café de domingo de interior, em que o visito, num outro treze de maio. E nós, dois negros solitários, nos sentamos à beira da varanda iluminada desta casa construída por você e mamãe, nessas cadeiras de balanço, olhando nossas sombras que se projetam ao chão. O senhor me surpreende, como sempre, e põe na vitrola um vinil antigo, que desconheço. Não é Chet, é Sam Rivers e seu sax rouco e delicado, tocando a mesma *Beatrice*, mas esta é a sua Beatrice negra, a criação original, não a versão. Esta é a sua, sua preta, preta doce e azeda, como gosto de amora. Eu não sabia. E sorrimos, cada um com suas dores, irmanadas pelo sangue que nos une nos séculos, nos perguntando se tudo terá valido à pena e se esta gota negra, que sou eu, será capaz de algo mais que lamúrias e lamentações, de ir além do menino perdido que sempre me habitou, de criar certezas, criar raízes, forjar outros Um em Cem, em Mil, em Milhão. Eu vejo seus olhos cinzas azulados cansados, Pai, ouço Sam, penso em nossa Beatrice, sinto-me abraçado pelo piano, o baixo, o sax e a bateria, e sei que o senhor sabe bem a resposta.

Geral

Antes era pior. E nem por isso deixava de vir.

Se xingamento valesse um real, isso aqui era a sede do tesouro nacional. Bando de machos suados, barbudos, cuspindo e secando a sorte do time dos outros, se esfregando num buraco do alambrado. Lugar de criança não é. Bem não faz. Mas incentiva-se. Cedo que se torce, para ver que a vida não é doce. E a sorte do vizinho, geralmente, é azar seu.

Também não preciso exagerar.

De verdade, nunca entendi donde vem tanta raiva. Uma vez que o cidadão doutro lado é um sei lá, um qualquer, como criar tanto nojo, tanta gana, tanta sede e ódio, tanta vontade de sangrar, despedaçar em tão pouco tempo? O cara entra um cordeiro e vira lobo, um bicho agarrado no metal, feroz que ele só. E tanta ofensa dirigida a mãe, pai, esposa, vida do sujeito que repito: se xingo fosse dinheiro, aqui era a casa da moeda.

Não me meto. Me entoco.

Curto a fome em silêncio. Deste lado aqui, do popular, só o cimento sabe das minhas dores. Me aquieto no centro da geral, debaixo do sol, com jeito de chuva, sem proteção. O moleque da batata frita compete com os vovôs da pipoca e do amendoim. Como com os olhos. Dinheiro que tinha era só para levar a revista, na porta do estádio, milico encarando e mandando passar. De resto, a volta se dá no pé, quarenta e quatro achatado, havaianas com grampo. Com sorte, uma carona. Sonho.

Mas eu gosto disso é pra valer, caralho!

O time caiu pra segundona do Nacional, mas disputa o estadual, primeira divisão. Saco de pancada esculachado, mas não posso nem pensar em faltar. Meu amor, minha vida, minha dor. Curto a fome, gano em silêncio, estou na massa do bolo. E igual a mim, pelo menos outros dez mil geralzões, gritando e sofrendo como se o clube fosse seu. Deve ser difícil de entender. Como não sou professor, nem me atrevo a explicar.

Mané, Facão, Neneca, Boiadeiro, Edu Cai Cai, Mandrake, Joca, Zelão e tantos outros peloteiros ruinzinhos da Silva, tudo atuando na minha bandeira. Mesmo assim, não perco de afinar e cantar quando alguém solta no gogó:

> *"Tu és a razão da minha vida*
> *Minha dor, meu sofrimento*
> *Meu amor, minha paixão!"*

É isso aí. Foi bonito. E o estômago dói de novo, mas um pouco menos. Te aquieta, ordinário.

Sim, sou eu mesmo, sua majestade Zé Ninguém. Eu aqui, que não apareço no telão de transmissão. Que a câmera não pega pobre da geral. Que não combina com a imagem da Arena. Eu que uso camiseta puída, que não deixo ninguém lavar porque gastou. E porque é macumba. Tudo pra voltar ao campeonato de 77, lembra? O patrocinador pode ser de dez anos atrás e ninguém se lembrar. Mas o que vale é o escudo, o meu escudo, lado esquerdo do peito, ocupando mais espaço que qualquer um no meu coração. Sua Majestade, o torcedor, queimando no sol, no cimento curtido, longe da tribuna de honra, da numerada, da reservada. Longe da reprise, do compacto. Mas de olho no lance. Eu aqui, homem massa, homem geral, eu Zé. Amando a minha raiva de ver quem é quem no time chamado de meu. Louco pra capar, estripar, degolar quem fizer corpo mole, não comer a grama, não beijar o escudo suado. E mais sereno que criança quando recebe doce, se algum desses infelizes acerta o gol, ângulo num canto, goleiro no outro.

Sabe deus quanta mandinga.

"Tu és a razão da minha vida
Minha dor, meu sofrimento
Meu amor, minha paixão!"

Coisa linda. Aposto e ganho que boa parte desses machos e fêmeas nunca disse isso ao seu amor. E que muita mulher deve dar graças ao bom deus que o marido esteja aqui. A minha, inclusive. Outra acende vela pro time do esposo ganhar, evitando cenas de sangue em casa. E várias desejam que haja um quebra pau, um pega na geral, com a polícia no meio, só pra poder assinar o óbito quando a notícia chegar. É de direito. Muita flor de rua vira cacto quando chega em casa só porque aquela bola de rosca decidiu não entrar, o juiz roubou, o goleiro frangou, noves fora, coisa e tal. Apanha aqui e depois canta de galo no lar. Quem estiver em desacordo, olhe o espetáculo do olho roxo na lotação de segunda. Os braços torcidos e as bochechas inchadas que trocam segredos entre os muros da vila. A expressão tristonha fala mais que locutor de rádio AM. Abraçadas ao seu rancor.

É amor. E daquele violento de que falo. Daquele que também bate esquisito no fundo do olho do moleque preto na várzea, que brilha ao ver a bola rolando suave nos pés de outro que já foi um moleque preto da várzea trazido por seu pai, tio, irmão. E ver aquele negrão suado, arrebentando as defesas, desguiando e esculachando, estourando a rede num chutão que deus me livre. De muito Pelé, Reinaldo, Bebeto, Ronaldo, Paulinho, Rivaldo. De muitos Eus que não deram certo e que se vêem aí na ponta da chuteira desses outros.

Meu amor, minha paixão. Meu regaço, meu troço, meu tudo. Esculacho o adversário como se tivesse currado minha mãe. Tenho ganas de lhe apequenar. E faço. Vejo um bando de machos enchendo saco plástico com mijo fresco. As bombas amarelas da geral. A televisão não mostra. Que bom. Por muito menos, somos animais. Outro ali já começa a quebrar o cimento. Se o gol não sair, ele e muitos outros vão arrancar isso aqui no dente. E deus que se acuda.

Um perna de pau errá um gol feito na zona do agrião. Na hora, os caras gritam do meu lado: *Macaco! Preto safado! Pau de fumo!* E outras gentilezas. Ninguém me olha. A vontade vem me subindo de enfiar a mão na cara desses vinte filhos das putas. O sangue esquenta os olhos. Eu me ergo. Vou cacetear a cabeça de alguém. Mas no mesmo instante o perna de pau sofre um pênalti do botineiro adversário. E eu, que não consegui resolver um problema aqui, sou obrigado abraçar, barba com barba, o safado que acabou de xingar o herói de nosso time. Abraço. E na confusão, lhe soco tanto o rim e dou tanta canelada nos outros, que a minha raiva amaina. Lembro a frase do meu pai: *Tudo o que você ouvir falar aqui, deixa aqui.* Lembrei. É sabido, é de lei. Mas também me lembro dele arrebentando cabeças de branquelos quando alguém chamava Brandão de Tição. *Não leve desaforo pra casa. Epa Babá!* Me rio sozinho. Me entoco na lágrima que surge no canto do olho. Não vai cair, desgraça!

E JÁ NÃO TENHO MAIS UNHA!

Outra de meu velho: *Quem não escuta conselho, escuta coitado.* Quando o homem falava isso, era bom começar a tremer. Tripas me segurem, mas se esse gol não sair, como é que vai ser? O pai não brincava em serviço, e a frase era mais que um mau agouro. Garantia certeira de que alguém iria se estrepar. O time nesse lesco lesco, nheco nheco sonso, toque de lado, toque pra lá e cá, recuo e chutão, vai acabar se dando mal. O pai sabia das coisas, não teve colher de chá e também não dava mamão com açúcar pra ninguém. *Se quiser alguma coisa, sue.* A feijoada do cartola na sede social do clube, grátis, só se esses pernas de caibro ganharem. Chance de comer feijão com carne, que há mais de ano não sei o que é. O pai avisava só uma vez. Zeca, Neneca e Edu Cai Cai já estão com a vida ganha, contrato negociado para o banco de reservas de outro time aí da capital. Se quiser algo, sue, faça por merecer, não conte com o ovo antes de ter a galinha. Marque essa saída de bola, infeliz!

QUEM NÃO ESCUTA CONSELHO...

A volta não dói menos quando é sozinha. A camisa pinica igual. Pesa o escudo.

Caminho de olho rente no chão. Não me amolem.

Aguento a gozação. Só quem sabe como é esse amor bandido é que se mantém em silêncio. Hoje me quero mal. Respeitem. Me chamam pra beber, eu recuso. Me fecho. Me deixem. Quero só o meu toco na soleira do meu portão, desbastando sabugo no canto da unha, afinando a arte de chutar tampinhas e caçar clipes no chão. Eu só quero ir embora. E tenho raiva daqueles onze filhos das putas. A segunda-feira não tem magia outra vez.

Não se iludam.

Eu volto. Sou fiel a quem sempre me trai.

Figuração

Se soubesse que ia ganhar só esse pichulé, tinha ficado em casa. Outros tempos.

Mas é modo de dizer. Preciso. Quem não? As contas a pagar não chegam com sorriso no rosto, nem perguntam como anda a vida. Fiz meu pé-de-meia, mas o cobertor não tem sobra. E não estou a fim de perder a terceira mulher. Vovó já dizia, marota como era: dinheiro bate perna, amor salta janela. Ela diz que me ama e deve ser verdade. Mas por via das dúvidas, melhor me garantir.

Nem adianta falar, ninguém respeita. "Trabalhou onde?" Daí pode vir um "Acho que me lembro...", que não dá em nada além de simpatia ou desdém. Tem o clássico: "Mas era você mesmo?", e me dá gana de dizer que pergunte à mãe, que ela deverá lembrar. "Você não era o ...." Não, esse aí era o Antenor, de outro programa, já falecido. Ultimamente, no mais, o que tenho ouvido é "Ah, tá. Bom, tem esse papel aqui, topa? Prazer rever". E este tipo de prazer tem pago o meu jantar.

Faço vezes de mico de circo. É como vejo a coisa, e é assim que me sinto. O que já foi crítico, hoje é um sorriso largo, trejeito e uma vinheta engraçada. Vinte segundos. A marca que pagar melhor que me use. De sabonete, sabão em pó, absorvente, camisinha, papel higiênico, manteiga. O que for. Camaleão, me encaixo. Minha cara preta retinta, minha testa larga e careca, meu olhar velhaco, meus dentes brancos. A hora do show. A vinheta de sempre. "Pobre nunca pode?" Fez sucesso. Pegou. Paga as contas, não é uma fortuna, não é uma Brastemp. Mas me defende e me remenda.

O parafuso gira em falso e a rosca é infinita.

***

Tenho saudade dos idos de 1975, ano de morte de Madame Satã. Ele se indo, eu me criando. Quem se lembra, quem se importa? Eu vivendo de biscates mequetrefes, limpando chão de rádio no estúdio. Eita, empreguinho do cão. Amigo meu disse que estavam chamando para teste em televisão. Eu disse que nem ia, que já tinha sondado aquilo, tomado pé no botão mais de uma vez. Não ia perder meu sábado com Dalvinha, semana toda esperando. Mas que comichão! Dei uma desculpa qualquer à nega, e me vi perdendo os trocados na roleta de duas lotações. Iam me fazer falta. No suor do sacolejo, me veio à vista a porca torcendo o rabinho, bem na minha frente, dizendo um *não* bem gordo de um diretor cheiro marra, chiliquinhos e desacatos a pobretão.

Não ia prestar. Mas eu já estava lá.

Papel de figurante pobre. Era do que precisavam, e a fila era abundante. Diretor, contra-regra, assistente, produtor. Tudo num vai e vem, em meio a cabos e mais cabos, maquiadoras, luzes, pós, efeitos. Berros, medonhos, canseira. Já estava acostumado. A rosca girando em falso. Num canto, Maria Mariana fazia gargarejos para melhorar a voz. Raul de Castro mexia suas sobrancelhas e massageava o rosto. Antonio de Albuquerque decorava o texto em voz alta, repetindo para o vazio. Os nomes eram assim, pomposos, para gravar. Ninguém era os João, Deoscoredes, Izineide do mundo real. Bonito. Me encantava.

Hora vai, hora vem, hora dando. Já tinham escolhido quase todo mundo, uns vinte. E a fila continuava grande na minha frente. O negócio era rodopiar o calcanhar.

Mas não foi que minha estrela brilhou?

Tenho o fato de ser alto, na casa do metro e oitenta e oito. No meio da massa, às vezes isso conta. Em geral, sempre valeu para o patrão me apontar para primeiro receber o bilhete azul, ou para a polícia iniciar a geral. Daquela vez, não. Quando uma mulher muito nervosa, fumando pelo nariz, falou um "Você!", eu dei um chega mais, me juntei com o restante dos esmulambados e vi toda uma turba de gente alisar a carteira e pegar o passe do ônibus. Foi um dia feliz, ao menos pra mim.

O trabalho era um sorvete. Entrar mudo, sair calado, sem olhar para a câmera. Nunca. Até tentei falar, para de repente alguém ouvir que eu tinha uma voz bem ajeitada, treinada na arte da imitação, trabalhada no intervalo de uma vassourada e outra. Mas o diretor gritou por cima, ameaçando. Seria do jeito dele. E um dia, do meu.

Fiz o maior cartaz da minha pessoa. Na volta pra casa, só faltei berrar. Aliás, nem sei. Dei até abraço em desconhecido, urrei meu nome bem alto por várias ruas, batuquei dentro do ônibus. Era o tal e coisa. Visitei a casa dos meus velhos. Deixei ali um pouco dos quebrados que ganhei, para ajudar nas contas, somar num bife acebolado e baixar alguma cerveja no horário do programa. Reuni todo mundo. A vizinhança empoleirada na janela, batente de porta, fresta que desse. Dentro, só os mais chegados para ver na preto e branco, com palha de aço pra melhorar imagem. Tive coragem, fumei na frente do velho. Riso nervoso, risquei o chão do quintal em círculo de tanto andar. Dei um arrocho em Dagmar, uma amasso em Neusinha, trisquei Fernanda. Sem dó. Eu era uma estrela, agora. Podia.

Fiz todo mundo ficar mudo na hora H. Baixou o letreiro do programa etc. Vinte minutos de mudez, todo mundo querendo me ver. Eu mesmo, agoniado. Até que passou uma hora o meu carão ali, a minha lata, no meio de um bando de gente, cara de fome de um mês, pé rapados, feios, sujos, malvados. Coisa de dois segundos, quem viu, viu. Foi a minha estreia. Outro letreiro, anunciando o fim. Muxoxo. Neguinho dizendo que não tinha visto meu nome. Desguiei, mandando cidadão mais cedo pra casa, recomendando oculista. Muita gente não me reconheceu. Mas, em consideração à cerveja e à carne, lustrou meu cartaz mais do que efetivamente fiz. O álcool é uma lente de aumento.

Confesso que me achei. Pensei que tinha cometido um homicídio no azar. Apareci só três dias depois para retomar o batente. Já tinha outro esqueleto zanzando no meu lugar, e o chefe me convidou a ver se minha mãe me esperava na esquina. Implorei, no começo. Quinze anos de suor não são quinze minutos. Mas depois lembrei que era uma estrela e lhe sugeri que sentasse num tomate, com a vassoura ajudando no acomodar.

Era agora ou agora. Ou me dava bem ou passava fome de vez, pensei.

Passei.

Roendo as unhas pelas madrugadas, curtindo a falta dos minguados, a ameaça do despejo da quitinete, o bafo frio da geladeira vazia, o xingo no fiado. Não adiantava dizer que passei na tela da televisão. Ninguém soube, ninguém viu. Até Dagmar, Neusinha e Fernanda me deixaram na mão, literalmente. Abracei o meu rancor.

Mas este mundo era uma bola de capotão!

Após quatro meses patinando no cocô, resolvi tomar uma atitude. Animei a dar um pulo de novo na fila do programa de tevê. Haja esforço! Difícil tomar banho silencioso para o senhorio não desconfiar do recado na porta: "Viajei. Volto logo e pago". Exigia uma arte do diabo entrar no meio da madrugada, se vestir no escuro. Graças a deus, só errei o par de meia e o lado da cueca. Mas cheguei ali, pro que desse e viesse.

Outro diretor, outra assistente, mesmos berros e continuada esculhambação. Fiz o que pude, cortei fila, me arreganhei, lambi a testa, arranjei a carapinha. Confesso que a fome já me machucava bem naqueles quatro meses. Mas ainda tinha um não-sei-o-quê, um jabaculê que podia chamar atenção. E mesmo assim, parecia que não ia dar. E não deu. Girei, então, no calcanhar. Vigilantes medonhos acompanhando os passos da gente naqueles corredores de gente rápida, parecendo que fugiam de incêndio. E dá-lhe cenário para o Estúdio 3, figurino na novela das 6. Maquiagem para Dolores de Aguiar, fornecedor de calmantes para Walter Ayrão. E onde estava a droga da saída? Queria me escafeder daquele inferno e me atirar debaixo da roda de um trem de subúrbio. Tirar aquela roupa que peguei emprestado de uns amigos no necrotério, de defunto que bateu as botas a caminho de reunião importante. Infarto. Mas ficou com cara tão feia, que ia de caixão fechado. Então não precisava de paletó. E agora eu só queria dar no pé e devolver o empréstimo no Além.

"Você!"

Mais um berro. Qualé, pô? Basta não?, pensei. Já tô indo embora, só me perdi na saída do banheiro, troquei porta. Não precisa chegar junto. "Você aí!" Virei. Minha pessoa? "É, você. Porra! Venha já, já tá fechando a sala pro teste do elenco coadjuvante. Simbora, se não fica de fora, porra!"

Falou...

A palavra mais importante era "teste". Fui. E a sorte atrás de mim se trancou.

Deveria ter dito a verdade? Ouvi vozes e uns socos na porta, giros na maçaneta. Alguém que tinha ido fumar um cigarro do capeta na hora H, para desbaratinar o nervoso, e me deixou aquele cavalo selado ali na frente. Montei e agora era só comigo, com o meu jabaculê.

Sala lotada, o lance era na base da improvisação. Parecia hospício. Num canto, neguinho fazendo gargarejo; noutro, gente com uns remelechos esquisitos, como se fosse receber santo. Gente andando em círculos, falando sozinha, se esticando toda. E lá na frente, diretor, assistente e a cena mandada. Fiquei na minha, via os caras subindo no palco, mandar o que tinham e bomba. A cobra fumando charuto cubano.

A assistente meteu de repente uma placa em mim, com um número. "Mostra tudo o que você tem, na hora que te chamarem". Ai, meu pai Ogum, meu pai Exu, meu pai Oxaguian! Valei-me, Santo Expedito! As sete almas benditas! Meu Bom Jesus de Pirapora! Meu Boiadeiro! Minha linha de caboclos! Seu Tranca Rua! Minha Nossa Senhora Aparecida! Valei-me, valei-me...

"Meia Dois!"

Era comigo. Me aprumei, lembrei do pessoal do tempo antigo da rádio, lá do comecinho. De quinze anos limpando chão, desde molecote, lustrando taco e ouvindo muita novela cara a cara. Da canastra e pilantragem, ao drama de amor meloso. De muito

Sheik de Agdar, Teu amor me pertence, Histórias que eu gosto de contar, Direito de Nascer e muito mais. Valei-me! "Meia Dois!" Nó nas tripas, mas pulei na frente do diretor, que desacatou: "Isso aí?", olhando com raiva pra assistente. "Meia Dois, é o seguinte: arranca teus trapos aí, fica só de cueca e a cena é pobre apanhando da polícia. Vai! Silêncio. Ação!"

Ah, agora eu tinha entendido a dificuldade da grã-finagem. Ninguém ali tinha tomado geral da polícia. Todo mundo bem nutrido, pele clara, cara de três refeições por dia desde o berçário. Aliás, sabiam o que era berço, com papinha Nestlé. Leite Ninho, leite A, leite com pera. Eu, não. Nem sabia interpretar, mas dava pro gasto. Me defendi, puxando de dentro todas as voltas pra casa mais tarde, os arrochos com os camaradas, os tapões na cara, os pedidos de carteira de trabalho e RG. As ameaças. O medo do escudo da Força Pública, depois Polícia Militar. O tremor com a GCM. Tudo, tudo veio num segundo. Me lembrei e me soltei. Com ódio, com gana que nem era só minha, com sangue esquecido na boca, que na hora resolveu até sair em cuspe. O cara que fazia o polícia era um doce, não era do ramo, nunca tinha visto um. Na hora que eu deixei de falar o "Não, não, senhor" e lhe meti um "Atira, se não enfia esse revólver no rabo", ele travou. A cara do diretor se iluminou de um jeito, que até me empolguei. Podia não saber atuar, mas não importava, o povo estava na moda. O povo que deveria se rebelar um dia, o povo calado, sofrido, espremido. E depois fiquei sabendo que o diretor era um daqueles comunistas que a televisão guardou. Que tinha saudade de povo soltando pedra na polícia, xingando governo, dizendo que tinha Opinião. Saudade de Pagador de Promessas. A tevê o encaçapou, mas não de todo. E ele não tinha saudade do xadrez.

A vaga era minha. Mas era preciso apertar o laço.

A cena impressionou tanto, que todo o elenco e a produção ficaram de bem comigo. Acabaram os gritos. Dei uma namorada na assistente e descobri, preenchendo as fichas, que meu papel seria num seriado novo, daqueles que se queria reviver a vida do povo nas ruas, de povo e sua malandragem, de dizer não dizendo, mesmo na tevê daqueles tempos. Eu era do elenco de apoio. O papel era simples: dar uma de serviçal, criado de dentro, caras e bocas irônicas varrendo o chão e limpando os móveis de patrões. Quando fosse a hora, meter um chiste, um desconcerto. Bico. Interpretação extremamente pessoal de preto, pobre, ferrado, constantemente lembrado do seu lugar e revoltado. Era eu.

O papel era meu, mas, mesmo assim, resolvi me reforçar e defender. Desde pequeno que o Além não me assusta. Resolvi procurar o terreiro conhecido meu, para amarrar tudo direito. Epa Babá!

A vaga era minha. Garantida e confirmada pela assistente, dias depois, num quartinho de hotel de alta rotatividade.

***

Quando encontrei o senhorio, lhe passei uma descompostura pela cobrança do aluguel. Disse que pagava, que agora tinha emprego, que aguardasse, que estava num seriado de televisão. E já lhe anunciei o aviso prévio também, agradecendo o tudo e o nada, que ia me mudar dali. Tudo ia melhorar. Dormi feliz um sábado inteiro. No domingo, fui visitar os velhos, fazia tempo que não dava as caras. Todo mundo querendo saber no que estava me metendo agora, ali na casa dos trinta anos. Não duvidei: ator. Me riram tão alto que um dos meus irmãos quase morreu de engasgo. Não gostei.

Baixou um Madame Satã em mim, virei a mesa, xinguei, apequenei cada um e desafiei. Pisei duro na saída e na batida do portão. Era tudo ou nada, a partir de agora. Como sempre, aliás.

Domingo. Pede cachimbo. O touro é valente, bate na gente, a gente é fraco, cai no buraco... Não, não, não! Nada de acabou o mundo. A minha cantiga ia ser outra.

Meu quartinho de aluguel, minha periferia do nada. Do esgoto, alguma poesia.

Dessa multidão de gente ferrada, da minha história, de todo mundo que se deu mal até chegar em mim. Dessa vida ordinária, desse quartinho dos fundos, dos amigos fudidos, dos restos de homens e mulheres que dançaram comigo no mundaréu. Tudo um lixo só, todos umas ratazanas esperando a hora de comer o veneno na armadilha. E eu também. Nem quero me orgulhar das minhas cicatrizes. Entre mim e o galã, vão-se lá muitos quilos de comida boa, muitas pílulas e litros de remédio, muita vacina e Leite A, sonos bem dormidos, banco de escola, gerações de bem nutridos e bem criados. Eu só tinha minha raiva, minhas feridas e o meu jabaculê. Era tudo. Era o que tinha que ser. E ia dar.

Quanto tempo até chegar o dia dez, o primeiro cebolão, o contracheque, o positivo!

Meu senhorio engoliu a história de ator, mas me mandou um "me ajuda a te ajudar". Podia ficar até poder pagar os meses atrasados, podia ficar até chegar o din din. Mas havia três andares, seis quitinetes cada um que demandavam limpeza e conservação. Desentupi muita privada, desmontei pia, troquei resistência naqueles dias. Fora as vassouradas. Era curioso largar um esfregão ou um cano pela manhã, correr pro banho com Phebo, bater um bife a cavalo, sacolejar no cata-louco e baixar no outro lado da cidade, na zona oeste, pra ensaio e gravação. Outro mundo, outro tudo. Um espanto só. No primeiro dia, de tanto susto, esqueci o cartão de identificação, tomei canseira na portaria, cheguei atrasado, diretor soltando fogo, assistente repassando a bronca: "Faz o teu melhor, senão rua".

"Tripas, me acalmem", rezei no reservado.

Tinha decorado, sabia minhas cenas, sem método, na raça. O diretor e o autor tinham saudade dos tempos em que algumas ruas berravam uns "Você aí parado, também é explorado!", "Povo unido jamais será vencido". De marmita com a palavra *greve* dentro. Essas coisas. Embutiram na minha boca sem delicadeza, portanto, os dois bordões: "Tudo que volta de novo, volta no lombo do povo!" e "Pobre só apanha, só apanha!" Dependendo da cena, falava com raiva ou com cara de desconsolo debochado.

***

Sei lá por que, lembrei de Jaimão, meu compadre de estúdio. Técnico, mexia os botões, os arquivos, fazia os ajustes na rádio. Depois dos idos de 1964, sempre me falava da necessidade de se unir, lutar, de repente entrar num grupo. Eu sempre negaceando, dizendo que além de povo, preto e pobre tinha de dar dinheiro em casa. Mas gostava dos papos deles. Não gostava de falar da cana que pegou, parece que lhe quebrou alguma coisa por dentro. Jaimão escapava vez em quando nuns atos, gente saindo nas ruas, gritando e sendo encurralado pela polícia. Ele sempre levava um esbregue do chefe, mas era muito bom no que fazia. Passava-se o pano.

Lembrei de Jaimão, que revi uns anos depois, tomando média no bar, com foto estampada na parede e tarja avisando: "Terrorista, morto". Aquilo me abalou de um jeito, mas não dava pra falar. Ele não era terrorista. Tinha dado vontade de gritar. Mas para quem? E agora, então, vontade tinha voltado no meu bordão. Vontade que cruzou com os olhos do diretor, da assistente, do estúdio inteiro, que parou quando eu soltei o "Tudo que volta de novo, volta no lombo do povo!", de olho muito furibundo na câmera. "Pobre só apanha, só apanha! Mas o dia que se unir..."

Jaimão, essa foi pra você. Mas acho que você não ficaria feliz.

***

Buate. Luminoso. Diversões eletrônicas. Discoteca. Função. Tóxico. Sucesso. IBOPE.

"Macaco que nunca comeu melado, quando vê se lambuza", já dizia minha avó. E eu me esbaldei. Meu personagem, aclamado pelas pesquisas de opinião, ganhou mais espaço na série, o bordão crescia. Gente me encontrando na rua e repetindo as frases, querendo tirar foto. Beijar. Intelectuais falando a favor ou contra as frases e da minha pessoa. Não me importava. Ia descobrir rápido que o negócio era ser visto, estar na boca e na cabeça dos outros. Eu estava, eu estive.

Choveu parente, amigo e mulher no meu quintal. Nunca tive tanto primo de terceiro grau, tanto amigo que considerava muito e que sabia que eu era diferente, desde as peladas da rua, tanta mulher de voz dengosa e lábios macios. Disso gostei.

Mas ainda eram aqueles anos nebulosos, já na entrada dos 80, vai num vai. Ficamos um bom tempo no ar. Mas ainda eram anos estranhos para aquela coisa de povo, pobre, danação, tudo num pacote só. E um belo de um dia soubemos que diretor e autor, juntos, tinham contraído pneumonia em pleno verão, conluiadas com doenças do mundo, desaparecendo um bom tempo de nossas vistas. Muita coisa ia mudar naquele programa, inclusive a fala do meu personagem. Até acabar.

***

Todo mundo sabe das pingas que eu tomei. Nada dos meus tombos.

Querendo uma entrevista, dia desses, um fedelhinho desses, um cadelinho cheirando a cueiros, vindo com papos aranha de engajamento e coisa e tal, me arrotou à cara que fui cooptado, que deveria ter saído junto com quem teve sarampo, catapora, gonorreia. Pensava que não sabia o que se passava, que eu não tinha ideia daqueles desaparecimentos. Só faltou me carimbar dizendo que também deveria ter sumido na poeira, sem jamais ninguém ter ouvido falar de mim. Para quê? Para ser objeto do seu estudo? Que estudo haveria? Só rio. Não me venha com receitas para fazer herói, que eu já tracei do tira-gosto à sobremesa. Você acha que todo mundo com mais de cinquenta foi em passeata, lutou abertamente, deu a cara à tapa, babaca?

Mas que tenho saudade, tenho. Bordão danado, escrito sob medida. Não era boa pinta, não tinha cara de pau, nem sobrenome ou amigos do meio. De repente, uma frase fez todo dia parecer bilhete de loteria. Lembro de uma história: fui num dentista naqueles dias, me aboletei na cadeira dizendo que queria que me pusesse os ferros nos dentes, que era tudo torto. O seu doutor, dando uma sapeada, me perguntou há quanto tempo que não ficava cara a cara com outro roupa branca. Pelo que lembrava, há pelo menos uns vinte anos, desde que teve mutirão da solidariedade na escola. Ele fez muxoxo, quase deu um troço, parecia que ia sentar a mão na minha cara. Desceu o braço na limpeza, sem dó ou piedade, mesmo porque eu estava lhe pagando bem, e um a mais para manter a imprensa longe. Depois de tudo, me falou pra continuar fazendo a higiene como eu fazia. E manter o bom trabalho. Tive vontade de lhe chutar. Eu só comprava pasta vagabunda, escova trocava cada cinco anos, fio dental e enxaguatório para mim eram invenção do futuro. Eu deveria ser o terror dos dentistas. E o nego me cobrando os olhos da cara, me mandando seguir em frente na desgraça?

"Não, seu doutor. Agora eu sou rico. Agora eu sou estrela".

Nunca confiei em médico. Mas antes lhe tivesse ouvido o conselho, que aliás era bom por não ser de graça.

Fama dos infernos, fama maldita. Sucesso agourento, sucesso meu. Por onde anda você, seu bandido, cão desdentado, cafetão de bordel, putinho sem vergonha, meu amor? Por onde anda você? Fama, fama maldita. O cadelinho veio me entrevistar e me lascou na cara um "cooptado". Por acaso ele comparou com o passado da família dele? Comparou com o meu? Cooptado doeu, mas fingi que nem.

Fama de durão não enche barriga de ninguém.

Sei que isso não vem ao caso, mas não tive filhos. Nem os quero. A pobreza, a miséria e a desgraça já são o que são sem o meu aval. Seguro a barra sozinho, sem rebento pra culpar. Não estou mal, mas não fiquei bem. Buate, tóxico, luminoso. Fiz um pé-de-meia que me defende, nada extraordinário. Fui feliz, fiz gente feliz. Uma ou outra companheira solidária vez em quando vem me praticar. E no mais, sou eu, e só eu, o responsável pelo que sou. Não me orgulho, nem baixo a cabeça. Choro meus sambas desengonçados só na madrugada, ninguém vê.

***

Jorge Negrão. Passei os últimos anos fazendo tudo quanto é papel de segunda ou terceira na sua tevê. Me defendi. Sou aquele, sou o tal. Sou o bordão. Me segurei. "Cooptado". Tá bem. Se até geladinho, que é doce, é preciso rasgar no dente, o que esperar da vida? Este cadelo não vai entender. Não aprendeu a língua de Congo ainda. Nem vai. Não me importa. Mas este xingo com ares de refinamento me dói. "Cooptado". Vendido? Comprei casa longe do centro, tenho aí um aluguel todo mês a receber. Ajudei meus velhos e os filhos dos meus irmãos. Jorge Negrão é um "cooptado". Mas o que você fez por mim? Estudei todos os sobrinhos com meu bordão, a minha lata velha e preta na tela da televisão. Nenhum deles teve de pegar esfregão. Cooptado fui pra você, cadelinho? Beleza. Mas me defendi, sobrevivi, mais do que esperavam de mim. Mais do que queriam permitir. E outros virão de mim além de todas as barreiras que não me deixaram seguir. Dessa bomba, eu espero, serei só o estopim.

Não gosto dessas histórias "Que fim levou?". Quando o povo saiu de moda, fui junto. Não era garoto do verão, não tinha pele dourada, não era natureba, não era peão de fazenda, não era imigrante italiano, não morava na Barra nem em Moema. Não fazia o tipo dos tempos que mudaram. Não era mais o povo que achavam que o povo queria ver com a cara de povo. De lambuza em lambuza, me fartei o que pude. Depois, fui. Me esqueceram, então me esqueçam agora. Mas gosto, confesso, quando aparece um desses garotinhos pretos aqui em casa, cheios de sonhos e vontades, de ganas e estudos, com seus cabelos crespos grandes querendo trilhar um caminho como o meu, de Janete, de dona Cleide de Souza, Mestre Pequeno, Tia Juçara, Tião, Mussa, Benedito Corvo. De todos nós que sempre estivemos lá, com a cara de povo, varrendo chão, batendo bumbo, queimando marafo, revirando os olhos, sendo irônicos e largando nossos bordões até onde pudemos. É bonito. Memória. Dói. Memória é um chicote. Para eles, digo o que posso, conto o que quero, peço para que naveguem nas águas boas. Lembro que a vida é um moinho. A nossa vida preta, de cara de artista, mais fácil ainda de produzir cinzas.

Acho que é a idade. Hoje ando meio barrigudo, mais pensativo. A gana ainda aqui, mas a carapinha menos ouriçada. Sentam-se os anos nas costas, ganham peso as bolsas nos olhos, as noites mal dormidas, o que fumei, bebi, vivi. Algumas preocupações. Sem remorso, nada. Juro. Vez ou outra uma querência de voltar, mas passa. Aí me entoco, conto prosa pra alguém como você, que queira ouvir. Por que perguntou? Lembrou da minha lata em comercial? Ah, é. Sim. Ganhei uma bruta grana com aquele, o do carro enguiçado, que eu não conseguia resolver e vinha o dono da oficina me esconjurar. Sabe o que dói? Lembrar da cena do meu teste, vinte anos antes, lembrar de Jaimão. Do "Pobre só apanha" de protesto, para esse aí num comercial de revisão de carro. Se fosse sabão em pó, papinha de bebê, absorvente ou papel higiênico, dava na mesma.

PEDREIRA.

Sou do tempo de bucha comprada inteira na feira de domingo. E Havaianas segurada com prego, quando estourava a tira. Havaianas coisa de pobre, que dava símbolo pro meu bordão. Hoje, tudo mudado. Mas enquanto eu fui o figurão da bala chita, na imensidão do meu bairro, no horizonte da minha rua, fui rei, bamba. Meus chegados me respeitavam, molecada preta ranhuda e semente de bucha na rua me chamava de Tio. Era e sou exemplo. Gosto. Para um cadelinho leite com pera vir aqui, me cobrar e carimbar. Tião, Mussa, Benedito, Tia Jussara, todos éramos vendidos, então. Todos nós com nossa pele preta, sorriso largo e dentes alvos na tela não passávamos disso e jogávamos o jogo. Aquele esculhambado não sabe das minhas canas, do cinto que nos apertava. Nem da diferença que fazíamos nossos pedaços, nos nossos cafofos e de outros iguais a nós.

Desafio. Tire a gente das cenas do passado, junto com as Esperanças, Josefas, Beás, Joanas, Zildas, Zefas e tantas outras tias, mucamas, do lar, moleques, da família, do puteiro e das memórias das putas que os pariu. Que sobra? Falta algo? No mínimo, a educação sentimental de muita gente. Gostou? Também sei falar difícil, aprendi alguma coisa. Mas ele não falava a língua de Congo, não sabia da vida de Congo. Nem nunca ia saber.

Hoje, um tanto barrigudo, cabelo branco no peito, pouca telha no cume preto. Cavanhaque de respeito. Curvo um pouco na ladeira, arrasto a sandália de couro, mas a calça de sarja branca e camisa de bom corte são de lei, ainda mais na sexta-feira. Epa Babá! Junto meus óculos escuros. Uma figura! Os da antiga me acenam, algumas senhoras me piscam ou esconjuram. O sol me queima a sombra, mas não retira a elegância. Um astro não morre ao entardecer.

Borracha

A pior coisa que pode acontecer é já estar desacreditado. Entrar como quem nem. Pensar que a mão é furada, que o blefe não cola, que a barbada é roubada. E, se bobear, dá cana, cadeia, xilindró, sol quadrado. Parece que todo mundo sente. Coisa no ar. Quem sabe, sabe, chega com estilo, com panca. Não canta a bola: aparece com ela. Nasce estrela. A pior coisa que pode acontecer é nem ser um acontecido.

Menezes Mendonça sabia disso tudo. Melhor que ninguém. E durante muito tempo, adiantou de nada saber.

Menezes Mendonça. Nome de rico, gozação do pai, logo no cartório. Duplo sobrenome, dos chefes da firma onde o pai suava o pão. E donde lhe chutaram os traseiros quando os sessenta anos lhe bateram à porta. E que nem foram ao seu enterro, na ala dos miseráveis do cemitério. Tampouco mandaram coroa. Nem um túmulo bonito para seu Damião.

A mãe, quando soube, riu. Riu de nervoso. E tanto. E em alto e bom som, que fez toda a vizinhança vir ver. Menezes Mendonça. Merda. Merda de nome. Merda de sobrenome. O pai dizia que ia ter panca de *Seu Doutor*, que ia dar certo. Deu. Deu para tudo quanto foi coisa, menos para aquilo que era certo. O pai dizia: *Quando crescer, não vai precisar nem de pensar prá por nome na placa, seu doutor.* E não foi que ele acertou? Taí. Nem placa tem *A Birosca*. A birosca era como chamava o fundo de quintal onde fazia borrachas de panela de pressão, vendidas na feira por Seu Agenor. A Birosca. A Birosca. A pressão. *Ah, merda.*

Menezes não podia nem passar perto de panela chiando. Nem sentir cheiro de tempero no forno. Embrulhava o estômago, voltava tudo. Lembrava da Birosca. E por conta dessas memórias, pode-se dizer que levava uma vida sem sal ou pimenta. Altamente mais ou menos. Morna e sem gosto.

Cheiro de borracha. Corte na mão. Gosto de borracha. Roupa suja. Mulher reclamando. Cheiro de borracha. O máximo do alcance dos sonhos. A gozação. A gozação. Do pai. Dos amigos. Talvez por isso fosse tão magro e malfeito. Cheiro de borracha. Panela no fogo. Sem vontade de comer.

A náusea é um produto do trabalho.

***

Chateação dos conhecidos e desavisados. *Ô, seu Menezes: Quero falar com o Mendonça!* Risada. *Vou lanhar tua cara de borracha, seu puto!* Não ia. Nunca foi. Sabiam que não ia. Menezes Mendonça era a impotência em pessoa. Birosca. Tudo cheirava a borracha. Tudo, tudo, tudo. Até a mulher, de noite. O filho. A comida. O leite. Birosca. Náusea. Birosca. Borracha.

Tudo cheirava a domingos embolorados. Tudo se parecia com as paredes de cal escurecidas da Birosca, com as paredes descascadas da casa, com o mofo dos armários, com seus dentes obturados e as cáries expostas no sorriso do filho. E no sorriso dos filhos dos amigos de seu filho, com os pais vendo o futebol numa televisão ensebada. Ou gritando impropérios num bar. Ou engraxando sapatos. Ou simplesmente restando em algum lugar. E suas mães lamentando pelos cantos, fofocando, cozinhando, passando roupas, com visitas na cozinha. Com as suas mães ou irmãs.

DOMINGO. BOLOR. FEDOR.

Ônibus passando de tempo em tempo, levando não aqueles que queriam, que pudessem fugir dali, com suas míseras economias semanais, para algum lugar. Por algum tempo. Para retornar. Pois o amanhã seria segunda-feira, quatro e meia da madrugada.

VIDA NA VILA.

Desgraça é pessoal. Bonança é coletiva.
Ele sabia disso, era lembrado constantemente. A culpa pela falta de conforto na casa, era dele. Pela droga de escola onde o filho estudava: ele. Pela vida que eles tinham, ele. Rumos do país: ele que não fazia a parte dele, claro! A propaganda na televisão dizia sempre **Um país de todos**. Ele era parte do problema. Até aqui, jamais foi da solução.

Mova-se, Menezes! Mexa-se, Mendonça!
Agora, quando caía um troco a mais no bolso, *graças ao Senhor Bom Pai, Nossa Senhora, que se não fosse...* Não era só a mulher que lembrava disso. Os amigos. Os vizinhos. A tevê. Os desconhecidos. O governo. *Um país de todos.* "É?" *Responsabilidade: você faz parte.* "De quê?" *Não pergunte o que o país pode fazer por você, mas o que você pode fazer pelo país.* "A troco de quê? Fazer o que, além de me foder?"

MENEZES MENDONÇA.

Interrogação em dose dupla, estatelada com uma borracha artesanal na mão; panela chiando nos quintais, nuvens brancas pairando no céu. Tudo mudando e restando sempre igual. Domingo. Bolor. Fedor. Horror.

Menezes Mendonça: só depende de você.

Mova-se, Menezes! Mexa-se, Mendonça!

***

Tudo parecia que não dava certo porque não se esforçava. Ou se esforçava muito para ter tão pouco. Chutava prato de macumba em encruzilhada, de sexta-feira. Comia a galinha de despacho ou levava a farofa para casa, quando tudo apertava. Ficava na espreita do macumbeiro, saltando detrás do poste, após as rezas do suplicante. Antes de roubar a oferenda, mandava uma desculpa, um *Agô, salve sua banda* e uma reprimenda: *Preciso mais que você, meu velho*. Chegando em casa, mentia para a mulher que pagara ao português do bar um pouco da dívida. E por isso levava aquela alma penada, ainda quentinha e bem temperada, para o jantar. *Ah, sei. E a garrafa de vinho, a pinga, o licor, meu bem?*. "Prá acompanhar. Coisa do portuga. Ficou tão feliz que se arreganhou", dizia Menezes, fechando com Mendonça o grupo, a armação, o golpe de misericórdia na troça da vida.

E todo mundo ia dormir feliz, fingindo que acreditou, fazendo de conta que enganou, após destrinchar o frango requentado em fogo alto pela mulher. *Só prá... né?* "É bom, nêga. É bom!", ele terminava.

A mentira dorme mais sossegada com o bucho cheio. *Agô!*

***

Vez ou outra, frango de despacho costuma dar pesadelo. Misto de remorso com azia e má digestão. Mais algumas pontadas de gases de encosto. Vez ou outra, duplicado, Menezes se encontra com Mendonça (ou vice-versa); e, em seus sonhos, trocavam algumas impressões gerais sobre aquela grande patinação no cocô que era a vida de ambos. Nesse ponto, não importava onde, qual fosse o espaço da conversa entre Mendonça e Menezes, ele sempre se assemelhava a uma grande, enorme, fétida, nojenta e indisfarçável privada, transbordando os odores e conteúdos característicos. Justamente neste ponto, com a visão do outro – Menezes ou Mendonça? – se despedindo do sonho alheio, com um sorriso macabro, o acordado tinha de saltar da cama, vitimado, certamente, pela maldição do roubo contumaz da macumba e pela mão pesada no tempero, de quem preparou o penado e tinha parte com o além.

Diversas foram as vezes em que o sonho se repetiu, com ou sem ter comido o frango. E não foram poucas as vezes em que alguém, no Além, ficou sem sua encomenda esperada. Quanta amarração de namorado, chefe mandado para os quintos, vizinho estrebuchando em acidente ou sorte na loteria deixaram de acontecer? Passaram a ser apenas um detalhe, aqueles furtos em macumbas. A maldição da entidade esfomeada, nada mais que uma promessa. O problema era o sonho, já agora pesadelo sério. Toda noite se repetindo, acordando suado, desconcertado. Houve noites em que até teve de quebrar a porta do banheiro, com filho se masturbando dentro, para não se complicar. Ou quando deu peteleco na nêga, em momentos de safadeza, no melhor do bem-bom, jogando-a de cima de seu corpo, para não borrar as calças. E a noite, claro, acabava aí.

As coisas não podiam continuar assim. A mulher se queixou no muro da comadre, pedindo todo o segredo do mundo, jurado com mãe morta e o escambau. Incrivelmente, a vizinhança começou a comentar, no dia seguinte. E a notícia se espalhou.

Menezes Mendonça Cagão. Borra-botas de plantão.

O problema era o sonho. Fosse o que fosse. Fosse onde fosse. Sonhava que estava caminhando numa praia, céu azul, água de coco, casquinha de siri. Logo aparecia O Outro, Menezes ou Mendonça, avisando: "Larga mão de ser otário. É sonho!" Acordava com as tripas estrebuchando, de olho no reboco da casa que lhe caía na cabeça. Ou quando sonhava com a vitória do time, ele goleador, gol de placa. Ou o país dando certo, com ele junto. Ou ele, logo ele, passeando em loja cara, Seu Doutor, comprando e esbanjando a rodo, com a mulher e filho. A vida melhorando. Ele mandando Seu Agenor às favas. *Larga mão, otário: É sonho!*

Seu Agenor.

Velho barrigudo, palito de fósforo gorduroso no canto da boca, barba branca rala por fazer, fedentina de suor amarelo na camisa rota, boné desbeiçado. Velho ordinário que lhe vendia as borrachas na feira de quarta. *Representante comercial,* como ele gostava de se chamar, quando lhe tirava 80% do lucro. Seu Agenor, que também era o dono casa onde morava; quem lhe cobrava o aluguel cada vez mais caro. Muquirana chupim, que fazia questão de ir à feira, passar apertado junto às mulheres, cheio de borrachas nos braços, esfregando sua enorme barriga na bunda alheia, dando tapinhas com o anel de borracha no cotovelo dos outros, grunhindo com a voz marombeira um *"Tá lembrado dela? Já levou ela hoje? Segura, pega na borracha, meu bem!"*

Segura, pega na borracha, meu bem. Filho de uma...

***

Seu Agenor... Seu Agenor... Menezes Mendonça sonhava em estrangular o pescoço gordo com as borrachas da Birosca, lhe enfiar o lucro e o aluguel pelo rabo, açoitá-lo com a mais grossa das circunferências feita ali no seu inferno. Pôr-lhe arreios, cavalgá-lo e esporá-lo. Menezes Mendonça sempre pensava com esse carinho em Seu Agenor.

Noite dessas, a mulher disse que ficou até espantada com o volume que lhe saía do vão das pernas, debaixo do lençol. E o sorriso contente no rosto de Menezes deixou-a com coceira na testa. *Deve de estar sonhando com outra, o ordinário. Mas já vai ver só.*

Nada. Sonhava que enforcava Seu Agenor. *Tá lembrado dela?, seu filho de uma...? Agora que eu quero ver! Grita, geme, grita, porco!* O sorriso no rosto. A mulher enciumada. Menezes de alma lavada. Gozava. No meio da glória vem Mendonça, pé ante pé, lhe bate no ombro. Ele se volta e sente o hálito pestilento do Outro, falando-lhe mansa e tristemente. *Está sonhando, ó cagão. Pode parar com esse repique de macheza.*

Some o sorriso no rosto. O lençol, de súbito, cai nos joelhos. A mulher, levantada, já lhe pegara uma cueca para rezar e lhe coava café numa calcinha usada. Menezes se borrando no colchão.

Tinha de parar por ali.

Tinha de parar. Mas como?

O problema era ele. Ou melhor, O Outro. Mas no fundo, no fundo, não sabia qual dos dois, e alguém tinha de levar a culpa. Ora, a culpa era sempre dele, em qualquer caso, em qualquer hipótese. O país ia mal, Menezes? Culpa sua de não participar! O casamento vai mal, Mendonça? Culpa sua de não se envolver mais! O mundo todo como um imenso dedão indicador. ***Você! Você! Você!*** Até sonhou com o dedo e sua unha pontiaguda oprimindo-o por todos os lados, furando-lhe os olhos, no fundo de sua garganta, cutucando-lhe as partes pudendas, asfixiando-lhe as narinas, levantando-lhe pelo umbigo, quicando-lhe os quartos. Dessa vez O Outro não apareceu. Dormiu feliz.

Menezes, o problema é você. Mendonça, o problema é seu. Resolvam-se.

*****

A solução veio a galope, no meio de uma queimadura produzindo borracha na Birosca. No meio da tarde enxovalhada e modorrenta. No meio de um grito, de um dos gritos da mulher, da rua, do filho, dos conhecidos, dos moleques na pelada, de seu Agenor. No meio do meio de tudo, Menezes ou Mendonça teve a ideia brilhante. Praticaria o ato heroico. Resolveria, mesmo sem saber, um dos mais graves problemas da análise psíquica e social moderna.

Menezes Mendonça mataria O Outro.

Solução simples. Problema difícil. Execução cabeluda.

Dizer como Menezes ou Mendonça efetuou a façanha é menos importante que afirmar que, para todos os poréns, conseguiu fazê-lo. Matou O Outro. Aguardou-o de emboscada, de tocaia. Rolou com ele na superfície fétida e amarfanhada de seu sonho. Luta tremenda, gritos medonhos, sopapos e pescoções tamanhos. Por fim, ergueu-se Um, e não O Outro.

Como tudo depende de um ato de sua vontade (ou da falta dela) não parecerá estranho num país, num lugar, numa terra, num antro tão cheio de empreendedores, de homens e mulheres sacudidos, que ele tenha tido, no melhor dos sonhos ou no pior dos pesadelos, sucesso.

Menezes ou Mendonça: agora só depende de você.

Acordou feliz. "*Adeus, cagão. Morto, mesmo que por um triz. Vivo como um chafariz. Dono de seu nariz. Fim do diz-que-diz. Vai lá, negão*".

Deu-se até o direito de rimar pobremente sobre a manhã. Mas foi até bonito de ver!

Menezes Mendonça, diziam, até parecia um outro. O Outro, em verdade. Agora tinha confiança, tinha a panca. Agora ele era o Tal. Alto, forte e bonito.

A primeira a sentir, claro, foi a mulher. Numa noite só, gritou mais que nos dez anos todos de casamento. E no dia seguinte, teve de ouvir, resignada a um canto da cama: "*Você é pouco para mim*". E isso passou a ser uma verdade, mesmo com todos os patuás e cafés benzidos na calça em contrário. O número de amantes passou a superar o dedo das mãos e pés. Singrava as ruas assobiando um samba antigo:

> "*Mulheres, cheguei!*
> *Estou aqui o que é que há?*
> *Trago dinheiro para vocês todas*
> *Pode pedir que o papaizinho dá.*
> *Mil cruzeiros pra Lili, e dois mil pra Izabel,*
> *aqui estou o mão aberta,*
> *Nasci para ser coronel!*"

Chutando a aparelhagem, no fundo da Birosca, Menezes Mendonça sentenciou: "Tem que dar um jeito". Olhou em redor. Virando-se, viu a casa do algoz. "É ele, é ele!" Caminhou decidido, marchando. Em outros tempos também pensou, mas teve medo. Agora, não. Deixou de ser um borra-botas. A solução não dependia dele? Pois então. "*Eu tenho toda a solução bem aqui na minha mão*". A borracha, a birosca. A borracha.

Agarrou-a com força. Beijou-a com ternura.

***

Tempos depois, os vizinhos disseram ter ouvido no casarão apenas os gritos e sons de algo que parecia chicote em carne. Um homem colérico ordenava: "*Grita, porco! Grita, porco! Grita! Tá lembrado dela? Tá lembrado dela? Segura, pega na borracha, meu bem!*" Os vizinhos não pensaram em reclamar ou ligar à polícia, porque Seu Agenor não era lá alguém muito querido. Agiota, cobrava dívidas de empréstimo a todo mundo, com juros sempre mais alto. Não precisava fazer aquele papel ridículo na feira. Fazia-o para achincalhar os endividados, bulir com a mulher alheia, bater com a borracha nas nádegas dos outros, especialmente na dos que lhe deviam.

Menezes Mendonça passou a ser um considerado, aplaudido e temido justiceiro da vila.

Seu Agenor escafedeu-se, devidamente ameaçado sobre o que lhe aconteceria caso retornasse ou o denunciasse. No meio do dia, no meio da rua, beijando o asfalto, no meio da roda dos curiosos, apanhando com a borracha no meio da bunda. Suando como um porco, chutado como um cão, apedrejado como rato, pisoteado como uma barata grande e gorda. Rasgado na carne e nas vestes, corrido sob o sol mortiço.

Após esse dia, batiam à porta d´*A Birosca – Empreitadas Gerais –* com a cabeça baixa e chapéu na mão. Especialmente a primeira das duas coisas, sendo que, agora, as mãos se metiam aos bolsos para cobrir os honorários extras de Mendonça, nos serviços que lhe eram solicitados. Seu símbolo passou ser um grande anel de borracha. Sua casa, o casarão de seu antigo algoz. Seu nome, precedido de Senhor. A Birosca, um escritório. Uma placa dourada com nome na porta.

Enfim, um Homem de Negócios!

***

Certamente a pior coisa que pode acontecer é nem ser um acontecido. Mas nem era esse mais o caso. Menezes era um fato. O problema é que a pergunta central ainda não tinha sido feita. E não era "Que fazer?" ou "Como fazer?" A questão era "Quem está por trás de você?" E logo em seguida "Quanto você deve a quem está por trás de você?"

Reinou gostoso por vários meses e alguns anos, o Mendonça. Apequenava os bandidos, escorraçava os malfeitores, cobrava as dívidas com educação, quando possível. Encorpou-se, avolumou-se, exibia belos músculos. Amantes e mais amantes. Era o capitão de todos os times de futebol da vila. Era homenageado nas feijoadas de domingo. Aparecia no jornal da associação dos moradores. Passava a roleta de grátis no ônibus de linha. Respeito e consideração recebidos com docinhos e bolinhos de vovós e titias. Afilhados a contar.

Mas queria mais. Muito mais. Sempre mais. Sempre além.

A língua tem expressões dignas de nota para situações singelas como a que Mendonça vislumbrou certo dia, em sua Birosca. Pode-se começar com *frio na barriga,* seguido de *tremor nas tripas*, evoluindo – para aqueles que têm parte com alguém no

Além – a *Ai, meu Deus do céu, Minha Virgem Maria, Meu Pai Ogum* etc. Mas que são pronunciados mesmo na *Hora da Onça beber água* e quando *a cobra vai fumar*.

A porca torcia o rabo e a vaca ia pro brejo. Um homem tem que confiar sempre no seu próprio e único taco. No caso de Menezes, a borracha. E *A Birosca – Empreitadas Gerais*.

Os negócios até iam bem. Responsável pelo que os figurões, os mandachuvas do bairro, chamavam de *manter a tranquilidade, a paz e o desapego aos corações*, Mendonça era uma espécie de borracha para todo lombo. Gostava de resolver tudo na conversa. Não havendo negócio, partia para a agressão. Tinha a ética de não matar, mas ferir muito. Curtia o desacato. Recebia a quantia estipulada para a execução de seus préstimos, abocanhava sua vítima levando-a para um *plá* na Birosca. De lá, só se ouviam os gritos de um (*Grita, porco!* – gostava disto desde Seu Agenor) e do outro. E deste, só se sabia que tinha, no mesmo dia, noite ou hora qualquer, saído corrido, gritado, espancado, moído e debulhado sobre a prancha de moldar borracha.

Mas todo homem tem seu ponto fraco. E um deles é que jamais se deve pensar maior do que realmente os outros acham que ele é. Ao cair nesta armadilha, o próximo passo é a rebordosa.

Digamos que, com o passar do tempo, o leão dedique-se mais a palitar os dentes do que a caçar. Muito próprio da espécie. Os negócios iam bem. Todas as dívidas cobradas, todos os possíveis furos preenchidos, os valentões apequenados. A fama o precedia, especialmente quando acompanhada do mito da rapidez de sua borracha, capaz de fazer ir ao chão homem qualquer, mesmo que com a mão grande, cheia de dedos no gatilho. Diziam que tinha corpo fechado, cabeça feita em terreiro no interior. Que comia frango de despacho. Quando não havia jeito, depois de ter apelado para a honra, de convocar o adversário para o pau, recorria também ao *Arnaldo*, revólver de estimação, adquirido numa de suas andanças por aí. Não era bobo, nem gostava de apostar.

Mas no mais do mais, a paz e o sossego, arduamente conquistados à base de muita carne aberta e triturada por borracha. Ossos do ofício.

***

E nos últimos tempos, o lema era samba, cerveja e saias. Tudo em excesso, tudo em demasia. Não se deve pensar maior que os outros realmente acham que você é, particularmente em tempos de paz. Não que se deva praticar a humildade de um monge, mas que se tenha a exata dimensão de sua pessoa. Ainda mais para um homem na posição de Menezes. Acima de tudo quando quem está por trás de você, e que sabe o quanto você deve, começa a lhe perguntar quem você pensa que é.

Isso ocorreu a Mendonça após um ato de olho gordo, quando propôs aos seus mandachuvas o que ele batizou, singelamente, de tamanho maior na bocada. Ou, como se diz modernamente, participação (maior) nos lucros. Gerenciar os negócios, todos, do bairro.

SOCIEDADE.

Sabia que nada seria fácil. E, de fato, não foi. No início, sorrisos, desconversas, conselhos e deixa-dissos. Evolução rápida para gritos e alguns palavrões bem colocados. Assim como lembranças de quem devia o que a quem, quando e como. Rápida passagem para ameaças corporais e escândalos no meio da rua. Exercício de levantamento de borracha numa mão e *Arnaldinho* na outra, sincopado por uma meia dúzia de revólveres ao redor. Resfôlegos. Sangue nos olhos. Voz sentenciando o fim de tudo. A meia dúzia de chefes, barões, mandachuvas, patrões, balas-na-agulha e bons de boca se voltam nos calcanhares. Agora era cada um para si e ameaça para todos.

Na noite do ocorrido, Menezes Mendonça não dormiu.

Se não tivesse a certeza de ter matado O Outro, podia jurar que o tinha visto a espreitar a superfície de seus sonhos. Poderia dizer, também, que sentira, no plano onírico, um leve cheiro de fezes. E ao acordar suado, não fossem os acontecimentos da noite anterior, não estranharia sua ligeireza no ato de ir evacuar.

***

Quem o visse nos dias seguintes diria que envelhecera.

Com direito a alguns fios de cabelos grisalhos e fendas fundas na face. Sua imagem se assemelharia à de um pernilongo, chupador vivaz noturno, que pela manhã voa cansado, esperando o massacre, a explosão do corpo, o fim simples e sem glórias, num tapa.

Menezes Mendonça e seus inimigos aracnídeos, outrora aliados, cheios de olhos por todos os lados, tecendo os fios de sua desgraça, armando o bote de sua sorte, cercando pelos lados, encasulando-o na Birosca. Ninguém mais ouvia falar do som de borracha na Oficina do Leão. Nada de *Grita, porco*! Nada de nada, mais.

O Leão se recolhia ao amanhecer.

***

O pior de tudo é ser um desacreditado. E com o passar do tempo, a sombra do ocaso pairava sobre a Birosca. O fantasma do pai o assaltava nos meandros da noite. E O Outro se fazia presente em todo o apagar das luzes. *"Quem disse que poderia me matar?"* O casarão de Seu Agenor era ocupado por um outro leão de chácara qualquer, que o havia substituído e devidamente ameaçado. Os barões do bairro queriam que ele vivesse com medo, acuado pela humilhação pública de não ser nada além que a sombra envergonhada do que foi. Um ou outro rabo de saia desavisado lhe vinha sassaricar, mas a fama de leão brochado corria solta pelos muros baixos. Se reaproximara da mulher, mesmo depois de ter ouvido, repetidas vez, que ela lhe tinha galhado a calvície repentina.

Acabaram-se as homenagens, a capitania dos times, os rega-bofes bacanais.

Domingo. Bolor. Fedor. Horror.

***

E O Outro o assaltava nas trincheiras do pesadelo. Parecia mais forte. Mais rápido. Voz mais grossa, ar mais decidido. Podia até jurar que O Outro não era mais o mesmo. Podia jurar que era mais que um. Era seis, era dez, era vinte, era cem, era mil! Enredado por todos aqueles em que batera. Ora se pareciam consigo, ora com O Outro. Ouvira, mesmo, o ronco de um porco entre eles. Mas não era apenas um, era uma vara enorme, de suínos, grunhindo loucamente. Um deles, grande, cabeludo, manchado e malcheiroso, sabe-se lá o porquê, aparecera-lhe depositado junto aos pés. Estatelado, enorme, o animal mais para morto que para vivo, deitara-se à sua frente, impedindo-o de se mover. Os outros, fossem porcos, fossem homens, bradavam-lhe alto e em bom som:

E agora, porco? E agora, porco? Grita, meu bem! Tá lembrado dela? Tá lembrado de mim? Grita, porco! Grita, porco!

O animal, estatelado a seus pés, derrubara-o e montara sobre ele. Somente neste momento, um Menezes Mendonça esmagado notara que, em seu lombo, havia um enorme buraco, onde se abrigava um ninho de ratos, além de palha, sangue e sebo. Dentre os roedores, dois lhe pareceram bastante familiares, tendo o focinho bem parecido com o de sua mulher e filho.

O suíno sorridente que esmagava seu corpo, em verdade, afeiçoava Seu Agenor.

Menezes Mendonça tentava falar e não conseguia. Os braços não se moviam, o esqueleto mostrava-se inerte. Debatia-se de um lado para outro, mas apenas os olhos corriam doidamente o ambiente. Via-se num chiqueiro, em exposição, com duas mil íris dardejando-lhe ódio, nojo, horror.

Borrara-se todo na cama, sem poder se limpar.

***

Era no tempo do Notícias Populares.

O rabecão da polícia e a ambulância singraram a madrugada. A rua inteira foi responsável por um lucro insólito para os jornaleiros do bairro, ainda hoje comentado e sem par. A matéria que chamou atenção atendia pela singeleza de *Colados no chiqueiro*. O concorrente foi mais discreto na manchete e soltou um *Grudados até na morte*.

E o homem, agarrado a uma mulher, cobertos de fezes num lençol, era ninguém menos que Menezes Mendonça e uma de suas últimas e mais infeliz amante.

Cansada de ser enganada, violentada e ter seu couro cortado por borracha, Dona Veridiana, mulher de Menezes, armara um plano para pôr fim ao seu sofrimento. Era sabido que o marido tinha voltado para casa. No começo, até pensara em arrependimento, milagre fruto de suas novenas ou puladas de cerca. Tudo ilusão. Menezes Mendonça já não era mais aquele, mas conservava o que mostrara de pior nos tempos áureos do Leão. Agora, a culpa por seus fracassos, por seus temores, passara a ser única e exclusivamente dela, a mulher. E a única maneira que Menezes dava no seu couro era ao puxar um pedaço de borracha, toda noite, para lhe açoitar.

Pois bem. Sempre acreditara no poder da Cola Tudo.

Uma das últimas esbodegadas amantes de Mendonça morava ali, casa ao lado. Anos e anos – e nos últimos tempos, todos dos dias – servindo de fim de noite a Menezes. Espancava a mulher e ia se deitar com Quitéria-Qualquer-Um.

Pois bem.

O muro era baixo. Pulou. A porta era fácil de abrir. E como bebiam muito, largavam-na aberta. Conhecia a casa. O quarto não tinha porta, só uma cortina. Dona Veridiana havia comprado dez bisnagas da cola plástica, efeito ultra-rápido, como anunciado na televisão. Pensava no rombo do orçamento doméstico. Sorria com o estranhamento da caixa do mercado. Acendeu a luz do abajur. Tropeçou numa garrafa. Tremeu. Ninguém acordou. Quatro da manhã. Os dois agarrados, atracados e pelados. Sorriu. Não podia ser melhor.

Começou a rasgar os pacotes de Cola Tudo, sistemática e calmamente.

Despejou, inicialmente, nas dobras das pernas, joelhos, braços, ouvidos. Tomou o cuidado prévio de pegar o pênis do marido e juntar na vagina da amante. Muita cola aí. Passou nos lábios dos dois e os uniu. Começaram a se mover. Devia estar ardendo. A cena era tétrica. Sorriu. A cola fazia jus à propaganda.

Aos poucos foi se rindo mais. Começou a gritar a frase famosa do marido. *Grita, porco! Grita, vai! Tá lembrado dela? Tá lembrado de mim, porco?* Os vizinhos acordavam. Um deles, cansado de ir para o trabalho e ouvir aquela cena, resolveu chamar a polícia. Era hora de pôr fim àquele um, e ele era desafeto de Menezes. Enquanto isso, dez bisnagas de cola plástica Cola Tudo, esvaziadas em todos os orifícios dos amantes. O cheiro de carne queimada com adesivo plástico obsedava o ar. Não sobreviveram.

Era no tempo do Notícias Populares e de seus concorrentes.

***

Dona Veridiana contou sua história aos jornais, rádio e tevê. Causou grande comoção nacional. Cumpriu o mínimo tempo de uma pena alternativa, recebendo semanalmente a visita do filho, de parentes e de cidadãos identificados com seu drama. Foi encaminhada para auxílio psiquiátrico e hoje anda calmamente pelas ruas, como um exemplo de superação. As revistas de mexericos dizem por aí que houve convite para contar sua história num programa de entrevistas, à tarde; dramatizar o fato num Caso Verdade Especial, sexta à noite; escrever uma autobiografia ou uma estória sua, até o ano findar. E que a fábrica da Cola Tudo, adesivo plástico ultra-rápido, sondou-a para ser sua garota-propaganda.

Meias de seda se esgarçando

Ao som de *Silence*, Chet Baker e Charlie Haden.

Quando Alice foi embora? Eu não sei muito bem o que senti. Eu escrevia, no meio da tarde, no meio da sala. Era um domingo. Ela apareceu do nada. Eu, inocentemente, perguntei se havia dormido bem, se estava se sentindo mais disposta. A tudo ela respondeu que sim. Ambos sorrimos. Sabíamos que, do contrário, iríamos nos ferir mais que há três horas, quando tentáramos, mais uma vez, o amor. Nada saíra como imagináramos. Nós éramos educados demais para falar a verdade, fosse ela qual fosse. Nós tínhamos nos tornado assim.

Alice, então, se sentou. Cruzou as pernas com a elegância que me fez prestar atenção nela desde aquela primeira vez, no metrô. Tinha um jeito infrequente de cruzar suas pernas. Nada vulgar. Nada forçado. Cruzou suas pernas delicadamente, descrevendo um arco comedido pelo espaço. No metrô, ela vestia uma saia longa e preta, calçava sapatilhas de bailarina, pretas, com fivela por cima, deixando à vista apenas o peito dos pés, com suas veias, azuis esverdeadas. Gostava de notar seus pés e suas veias salientes. Ela sempre me dizia que sentia vergonha que olhassem suas pernas. Mas também gostava de me afirmar que não se sentira devassada pelo meu olhar, quando me notou no metrô. Eu teria sido elegante. Nós gostávamos de nos lembrar desse encontro. Foi esquisito mesmo.

Alice me disse que viu primeiro. Mas que me achara com uma expressão excessivamente séria. Ela não gostava de rostos que poderiam dissertar facilmente sobre vitrais franceses do século XVI. Essa era a sua anedota. Eu lhe perguntava se ela achava mesmo, desde a primeira vez, que eu poderia fazer isso. Alice sorria. Puxava delicadamente um cigarro de menta de seu estojo. Nunca se sabe, ela dizia. Mas desconfiara de mim, porque eu usava um sobretudo bege, com calça preta e tênis. Ah, e a camisa também era importante, ela sempre dizia. Camisa rolê. Mas o que ela mais gostava de frisar era o meu sobretudo bege, que não combinava com nada. E que tinha, às costas, uma foice e um martelo em vermelho, com a sigla U.R.S.S. Comunistas não devem se interessar por vitrais franceses do século XVI, Alice dizia. E, além do mais, era evidente que eu comprara aquilo num brechó, que não me importava com a opinião alheia, porque nada combinava com nada. Nós ríamos do seu acento em *evidente*.

Alice puxava agora o mesmo cigarro de menta. Ela me olhava doce e tristemente, na sala, a escrever mais alguns contos dos quais ela gostava de ler, mesmo que achasse que nunca seriam publicados. Nós saltamos na mesma estação de metrô. Ela sempre se perguntava – e nós nunca confessamos – se realmente tínhamos de descer ali. Mas ela sempre dizia que gostou quando eu me desequilibrei com o tranco do trem, deixando cair o Cortázar que trazia debaixo do braço. Eu, ela dizia, de propósito teria me deixado cair, deixado cair *Octaedro*, perto de seus pés, junto com meus olhos. Pois eu não tinha cara de quem se desequilibrava fácil no metrô ou que deixava cair um livro ou que olhava fácil para alguém. Eu era um homem sério, que sabia me segurar nas curvas, com amor aos livros e somente a eles. Alice me fazia rir.

Eu, então, lhe perguntava se ela ensaiara ou improvisara rapidamente – quanta diferença isso fazia? – ao pegar *Octaedro*, me devolver com um sorriso e um golpe de vista e desdenhar sorrateiramente, ponderando suas palavras, que *O perseguidor* superava todos os contos de *Octaedro*. Nesse momento, nossos olhos se fixaram.

Ela me achara um conquistador barato quando eu lhe disse que aquilo tudo era suspeito, considerando que entre nós havia um *Manuscrito encontrado num bolso*. Ela tinha entendido a senha. Mas não queria se deixar levar. Odiava cantadas intelectuais, confessou-me depois. Nós nos silenciamos. E eu nem havia agradecido por seu gesto.

Alice dizia, agora, sentada no sofá: Vou partir. No metrô, sem que eu lhe perguntasse – mas ela me dizia que meus olhos queriam saber – ela anunciou que ia descer na próxima estação. Apressado, eu parei de escrever meu conto sobre uma velha senhora que trabalhava num cinema noturno e lhe perguntei o por quê. No metrô, eu lhe disse, sem pensar: Aqui é onde eu saio também. Alice, nas duas situações, só apertou os lábios do jeito que sempre gostava de sorrir e me olhou por sobre os óculos.

Eu havia colocado *Octaedro* no bolso do sobretudo. Alice disse que desde o princípio vira meu bloco de notas no bolso do sobretudo. Mentira, eu dizia. Eu estava em crise naqueles dias, não conseguia escrever nada, nada, nada. Eu não levava o bloco. Aí ela se saía com sua jogada triunfal: você tinha que ser escritor. Eu o imaginei assim. E os vitrais franceses? Eu gargalhava. Ela, séria, dizia que tinha esquecido deles ao ver *Octaedro* e o meu sobretudo de brechó. E eu era um homem sério, que não combinava com nada, que gostava de olhar e não de ser olhado, que não deveria ter muito dinheiro e que comprara meu livro num sebo, porque tinha aspecto velho, bem velho. Eu tinha que ser um escritor.

No começo, depois de fazermos amor, Alice gostava de tomar café. Em geral, eu saía primeiro da cama, para medir o pó e ligar o aparelho. Ela vinha depois. Não gostávamos de ficar abraçados ou de conversar logo depois de fazer o amor. Gostávamos de café e seu cheiro fresco. No metrô, foi ela que se virou e me disse: Ei, estranho, quer tomar um expresso? Chorava de rir, contando aos nossos amigos, que eu fechei meu rosto como quem tinha levado um soco no estômago, e anunciei solenemente que Sim, dez minutos.

Sim, dez minutos. Alice, nesta parte, chorava de rir. Agora, no sofá, ela sorria, ela me olhava com seus grandes olhos negros, ela dizia: *porque eu só quero te ver de vez em quando e não ao acordar de manhã*.

Alice tinha uma memória espetacular. Ela me disse exatamente isso quando terminamos nosso café e combinamos, depois de três horas de uma conversa amena e interessante, de irmos dormir na minha casa, como se já tivéssemos acertado tudo.

***

Eu gosto das suas fotografias em sépia. Eu gosto de suas fotos de outono, em preto e branco. Gosto de seus bancos vazios, de suas folhas caindo, de becos e vielas com folhas dançando ao vento. Gosto dos seus velhos e garotos de rostos devastados. Gosto do seu Chet Baker, anos 80, no quadro da sala, quase rezando num solo. Gosto de sua forma de escrever sobre o filme. Gostei quando ela disse que meu rosto era um tormento.

Eu pedia a Alice que me ensinasse a fotografar. Ela ficava

muito séria – mais do que jamais a vi – e respondia duramente: Alguém te ensinou a escrever? Alguém te ensinou a respirar? Não me peça para ensinar coisas que eu não sei. Depois ela ria, ria muito, até me deixar constrangido, e eu não sabia se eu ou ela havíamos dito algo insólito demais para ser repetido.

    Cruzou as pernas como eu gosto de vê-las. Alice veste sapatilhas pretas de dançarina, com a fivela correndo pelo peito dos pés. Gosto de seus pés, Alice. Gosto mesmo. Escreveria páginas e mais páginas sobre as veias dos seus pés, sobre a sua saia ou seu vestido. Sobre você vestida, tomando café. Sobre o movimento de sua boca. Sobre o arquear de suas sobrancelhas. Mas o que mais gosto em você é que não me acha idiota ou gargalha na minha cara quando eu te pergunto, antes de tomarmos café e depois de termos feito o amor, se você acha que é realmente possível representar som e fúria, cor e forma, através de palavras, se você acredita no poder da palavra. Eu gosto de você, porque você passa olhos em revista por mim e me diz, simplesmente, que a tentativa é uma busca. E você continua a me passar os olhos em revista. Eu volto a olhar para o teto e pensar. Nós não dizemos mais nada, nada, nada até que sorvamos nossas xícaras de café. Alice, eu gosto da sua busca, amargada com o gosto do café.

    Nós não estamos vivendo nada novo novamente, Alice. Parece ridículo.

    Eu gosto de você, Alice, pelo seu rosto duro de um general em campo de batalha, pronto ao ataque, pronta a disparar pela objetiva a sua visão de mundo e discuti-la o tempo todo. Uma vez eu te perguntei se, nas suas fotografias, não era permitido representar velhos felizes. Você me golpeou sem me olhar: você acha realmente possível ser feliz aos noventa anos? Ninguém mais é inocente nesta idade. Para ser feliz aos oitenta, noventa, deve-se ter causado a infelicidade de muita gente pelo caminho. Ou não ter vivido nada para não se deixar ser ferido.

Você vai me deixar, Alice?

Eu gosto de você porque você diz que nós temos e não temos opções. Gosto das inúmeras vezes em que nós discutíamos em alto e bom som numa mesa de bar, Alice. Que nossos amigos diziam que a gente só dava voltas para chegar no mesmo lugar e concordar. Que você dizia que eu ainda não tinha me livrado do meu ranço pequeno-burguês, que eu arrotava a revolução de plantão, permanentemente de guarda, sem mover um fio do meu pijama, que eu usava um sobretudo de brechó com o símbolo da U.R.S.S. E eu te dizia, Alice, tentando me defender, eu te dizia que não era possível, jamais, confiar em alguém que acreditasse em falsa consciência, que se achasse superior por dizer que existia uma verdadeira consciência dos fatos e da realidade, e que um dia, um dia sim, todos a enxergariam, como alguns poucos sábios iluminados.

E quantas vezes nós não saímos da mesa do bar sem nos falar. E quantas vezes essas discussões inúteis não se repetiram, para se diluir no ralo do banheiro, numa chuveirada quente, numa noite silenciosa, escura e tensa, com Chet Baker enquadrado no canto da sala e o neon do prédio da frente machucando os olhos de quem dormiu na sala.

Alice, você vai me deixar?

***

Agora a gata não come mais a planta falsa que fica ao chão. Ela aprendeu.

Debaixo do seu sobretudo e óculos escuros, às seis da manhã na metrópole, cavando com os olhos o fato necessário para enviar ao jornal, você me dizia, Alice, sair de casa já é se aventurar. Sair da cama já é se aventurar. Só depois de muito tempo eu entendi o que você queria dizer.

Nós não estamos vivendo nada novo novamente.

Enquanto eu buscava os grandes fatos, o grande ato heroico e glorioso que iria redimir toda essa lama de civilização – ahahahaha, você se lembra quando eu realmente disse isso? – você focava anônimos. Eu demorei para entender. Alice. Sair de casa já é se aventurar. Você os focava ao acordar, com seus olhos remelentos, trocando notas sebentas por uma média com pão e manteiga no bar. Quantos anos, hoje, Alice?

Lembra do lançamento do nosso livro? **Cenas de um Quotidiano Singular**. A gente ria, ria, ria e ria do crítico que arrotava o fato extraordinário de alguém ainda escrever a palavra com Q. A gente ria e ria debaixo do balcão da livraria dos nossos amigos impressionados, tristemente impressionados que o lançamento fora numa livraria pequena, numa rua lateral, com mendigos e catadores. Que nós fazíamos a cosmética da pobreza. Alice, tudo era mais engraçado antes. Que nós unimos, soberbamente... foi essa a palavra mesmo que o jornal usou? Soberbamente, foto e texto: duas linguagens numa só. À noite, comendo uma pizza, a gente ficou se perguntando o que exatamente aquele crítico iria querer de nós mais tarde, enquanto engordurávamos as páginas do livro, meio calabresa, meio quatro queijos.

***

Eu acordo com o meu cachimbo pendurado no canto da

boca, sem saber por quê. Eu acordo sem um tema, sem um problema. Eu não sei mais escrever. Eu saio às ruas e não vejo nada. Todos os dias se assemelham a domingos interioranos. Todos os domingos se parecem, todos os dias se parecem com a celebração de um funeral indigente, toda essa merda se acumulando entre as nossas peles, entre nossos órgãos, pulsando, pulsando, pulsando, pulsando, pulsando, fluxo fluindo fino, finalmente escorrendo escorraçado bidê abaixo. Ridículo, não, Alice? Se escrever for fazer aliterações e mais aliterações, se escrever for só isso, Alice, eu já não sei mais escrever. Se escrever for técnica, pura técnica, sem nem mesmo a ilusão de um ato exemplar, sem nem mesmo algo que justifique toda essa dúvida idiota que nos move, de que vale? Mais certo não ter dúvida. Mais certo estar crente de que se morrerá como se nem tivesse vivido.

Eu caminho pela avenida de nosso bairro, à cata de um tema. Vampirando existências que não vivo, descrevendo o que não sinto. Você sempre riu dos meus contos. Você dizia: Você faz algo que não consigo: dar charme ao risível, nobilitar o execrável. Como se tudo estivesse resolvido, você puxava sua máquina para o quarto escuro e me deixava ali, com um calhamaço de papel, reduzido ao escritor idiota que conferia charme ao risível e dignificava o execrável.

Você é a própria técnica, gostava de me dizer. Escrever é a técnica, é a criação, é o convencimento, é a construção de uma parede sem tijolos que seja uma parede. Mas tem que ter algo mais. E é esse algo mais que eu perdi, junto com você, numa manhã por aí.

***

Pois muito bem. Agora, partir é a solução. Nem fácil, nem

tortuoso. Nem nada. É só partir, como se nem tivesse começado. É só mais um domingo atravessado na garganta, que se engole rápido, esperando terminar. É só isso. Os atos exemplares, os grandes atos, se foram. Eu agora trabalho para o jornal, eu escrevo um texto curto por dia. Você me arranjou o emprego, quando eu estava na pior. Foi onde tudo degringolou? Não os chamo de crônicas, de contos, de cartas, de nada. São textos. Eu escrevo uma coluna, cinco parágrafos, cinco linhas, quinhentas palavras, dois mil caracteres, o que for. Bem batidos e sem erros ortográficos ou gramaticais, seguindo o manual do jornal. Sem qualquer tipo de ambiguidade ou dificuldade evidente. A técnica se faz soberba. A seção de cartas do jornal todo dia me elogia. Há algum tempo, um missivista me disse que guardava meus textos e que eles eram ensinados em escolas, para que os estudantes soubessem como e o que era escrever. Meu editor fica feliz.

 Tudo sempre começa com um erro, Alice. Sobre o que eu escrevo, não importa. Falta tudo. Eu admito. Não há mais tempo para buscar e essa tentativa já se tornou um tanto ridícula. Acorde de manhã e se veja como realmente é. Acorde simplesmente, você disse. Depois de ter entrado em becos e vielas, ziguezagueado entre muros, caçando vida por aí. Você entra no local que procurava. Há música alta, as pessoas bebem e riem. As pessoas pulam ao seu redor. É capaz de um camarada lhe vir apertar a mão e dizer sente-se. Sente-se, meu senhor, sente-se. Você ficaria chocada. Ou então, repentinamente, todos param, a música, as risadas, os cigarros. Os dançarinos, os putos no banheiro. Todo mundo para. E você não entende muito bem por quê. Sente-se, sente-se, meu senhor.

 Você vai para casa com o ouvido ribombando. E novamente, de maneira repentina, o chuveiro cai na sua cabeça, como um golpe de martelo. Você fica lá, deixando a água cair simplesmente.

Se quente ou fria, não interessa. Paremos com o tom piegas. Você sai do banho, fecha o box, você está com frio, fecha a janela, porque pode entrar uma corrente de ar. Você pega a toalha e se enxuga rápido, porque não pode se resfriar. Você não quer se masturbar para não perder tempo e voltar a se sujar. E você só consegue pensar no texto em cinco parágrafos, quinhentas palavras, dois mil caracteres que tem de enviar logo pela manhã, se quiser continuar comendo alguma coisa que julga ser decente e que fará bem ao seu estômago combalido.

Sente-se, sente-se, meu senhor. E, então, você está um velho.

E você sabe que não há mais tempo para buscar aquilo que você não viveu, que não está mais ao seu alcance. Seu texto, de soberbo, vira um amontoado de citações, de pistas para leitores que se julgam atentos; enigmas para as gerações mais novas. Os críticos comentarão. E, se forem honestos, te denunciarão. Mas não são. Nem podem ser. É a técnica, Alice. É o primado da técnica. Sente-se, sente-se, meu senhor.

***

Nunca soube finalizar bem nada. Aprendi com você. Fez ver que o feijão deve prevalecer sobre o sonho, que fricotes emocionais não caem bem quando o que importa é o preto no branco. Eu aprendi a lição, meu bem. Foi num dia, muitos meses atrás, havia sol e ventava. Você disse: Não dá mais. Não dá mais. Você repetia enlouquecida que alguma coisa não era mais possível. Eu não sabia o que, e tinha medo de perguntar. Eu conhecia seus ataques e tinha medo deles. De repente você começou a me apontar e aos meus erros e ao ridículo e risível de ser quem eu sou. Foi feio, baixo e cretino. Mas teve um sentido. No final das contas, era impossível não enxergar. Foi feio, baixo e cretino. Estávamos andando pela calçada. Um rato passou por nós e me senti menos homem que ele. Eu aprendi a lição. Eu soube ali, naquele momento, que algo se partiu, se foi. E quando, talvez com pena, você se aproximou de mim dizendo algo. Enfim, não é bem assim, nem sei se você vai entender que... Eu também não sei se... Ali naquele momento algo já tinha ido embora há muito tempo, para jamais voltar. Seja cínico, meu senhor. Seja cínico.

***

Eu gostaria de poder dizer que tenho uma doença terminal. Sim, uma doença. Sei lá, um câncer qualquer, que doa muito, que vá deixar você com pena, que vá deixar qualquer estranho na rua apiedado quando eu disser Tenho câncer, estou morrendo. Que vá fazer com que alguém me pegue pelo braço, conduza a uma cadeira, me diga Quer algo?, Quero, quero sim. Quero. Quero muito. E que eu balbucie, apenas, fique assim. A pessoa pergunte Quando Aconteceu. Eu fique ali balbuciando, me babando de raiva ou de dor. Que sirva de consolo para mim ou para ela, que nós dois nos olhemos sem mais. E que um e outro sirva de consolo, de justificativas para as falhas alheias e não assumidas.

Seria fácil, não? Toda a minha culpa, todos os meus fracassos, eu colocaria numa doença agônica. Seria bonito. As pessoas teriam dó de mim. Ninguém tem coragem de criticar um doente, mesmo sabendo que no fundo ele é também um chantagista. Todo mundo gosta de redimir o pecado de alguém. Quem não quer brincar de Deus, Pai, Partido? Mas não. Nada disso. Eu estou bem, muito bem, muito lúcido e de olhos bem abertos. E não sinto nada. Nada, nada, nada, nada. Ouviu bem, Alice? Nada. E eu já nem sei se a encontrei de fato num metrô um dia, se estava lendo Cortázar, se tinha um sobretudo com uma foice e um martelo... se essa é história que a gente quis contar para mostrar aos outros que ok, somos legais, fomos legais, melhor que a média etc. Se era você, se era eu, eu quero mais é que se foda. Alice, eu quero mais é que se dane. A culpa não é toda minha. Por tudo. Não pode ser. O câncer também alcançou você. E quer saber? Eu não lamento.

***

Você nem sabe mais reconhecer alguém interessante quando tem a chance. Vocês se cruzam, conversam vinte minutos como se fossem velhos amigos, futuros amantes. Vocês não deixam de olhar um no olho do outro. E então você se levanta, diz que o seu ponto é o próximo e foi um prazer conhecer. Sente-se, sente-se meu senhor.

E então, Alice, você diz que vai partir. E tenho de confessar, não sei se rio, se choro, se chuto uma parede ou imploro para que fique, se anuncio para o mundo, abrindo a janela do nosso quarto, Felicidades, canalha, você conseguiu, mais uma vez conseguiu. Ou se simplesmente te digo, como agora, Tchau, boa sorte, seja feliz e se puder mande um cartão-postal, o que importa é ter saúde. Volto para o meu texto, que pode ser uma crônica, um conto, prosa poética, um obituário ou previsão do tempo, e mudo tudo, tudo, tudo, dentro das cinco linhas, cinco parágrafos etc. Para que caiba nossa despedida e suas meias de seda se esgarçando no cimento da sacada.

Membro Fantasma

Liguei apenas no terceiro dia. Sabia que estavam todos preocupados. Tia Carmem ameaçou um enfarto. Mãe rogou praga. Pai não disse nada. Nada disse, mas imaginava seu olhar ao longe, de sobrancelha levantada. Mano gozava a cara de todos. Arrumou-me não sei quantas namoradas e aventuras fantásticas. Durante esses três dias, até as vinte horas, vivi intensamente nas imaginações alheias. Raramente com final feliz, invejosamente fabulado.

No terceiro dia fiz tocar o telefone. Deve ter havido uma correria louca em volta da mesa grande da sala. Benedito latindo e correndo atrás do próprio rabo. Maroca irritada com a soneca boa frustrada na almofada puída. Maroca olhando severa o zanzar de pernas, tão distintas de sua elegância felina. O Pai avisando que não me atenderia, que não falaria comigo, que não estava lá, mas esperando saber se eu precisava de alguma coisa. Mãe gritando seus impropérios e empurrando todo mundo para chegar ao gancho. Mano, de costas largas, pernas longas, músculos másculos, atendeu e suportou gritos, arranhões, chutes e murros, bem como súplicas desesperadas para ouvir minha voz.

Tia Carmem fazia café de cinco colheradas, porque ninguém dormia cedo aos sábados. A trinca, o truco, a canastra, o buraco, a ronda, o dominó. A paciência. A paciência da família reunida, exercitada, em torno da mesa grande, de tampo elegantemente polido e pernas vergonhosamente lascadas. A paciência da espera, dos pigarros censores, dos olhos gulosos, dos homens eunucos e suas senhoras desditosas. A mesa aparentemente velha, aparentemente nova, aparentemente herdada, aparentemente nobre, aparentemente limpa, aparentemente firme. A mesa levou um pontapé do Mano quando o telefone tocou.

Benedito me quer bem. Benê espiava comigo a Ana tomar banho com Nina. Benê caçava rolinha e me defendia do Zé Sujeira, quando eu vacilava o repuxo. Maroca é uma dama empertigada, me ensinou bons modos. De tanto observá-la, acho que aprendi algo de como tratar Mercedes. Ela não perguntou se liguei. Duvido que chorasse ou esperasse pelo canto. Tantas idas e vindas numa dança estranha. Mercedes devia estar como Maroca: altivamente à espreita, enleivada em seu próprio mundo, à espera de um afago em seus pelos.

Mano atendeu. Ouviu minha voz gravada e programada no equipamento. Será que sorriu antes ou depois? Lembrou da dor do chute na mesa ou de todos esses anos? E quando anunciou o que lhe transmiti, conseguiu disfarçar o que de fato quis dizer? Tia Carmem tomou mais café? Benê fungou e coçou-se a barriga. Maroca fingia dormir. Mãe caiu-se ao sofá? Riu-se de louca? Fê-lo repetir? Mano seguiu as instruções, apertou o teclado para ouvir de novo. Mercedes estaria no *Oca´s* planejando a revolução com meus camaradas e não seria encontrada. Pena. O Pai, sobranceiro e pragmático, preparava o terno e avisava que era hora, então, de mexer nos papéis, buscar o corpo, preparar o jazigo, abrir o caixão.

Homem em Janeiro

Ao som de *Una muy bonita*, de Ornette Coleman

Espero na esquina. Não me preocupo se algo vai acontecer. Olho ao redor, não gosto do que cheiro. E o sol começa a avançar demais em minha direção. Voltei sozinho, de novo. Os sons dos tambores ainda ecoam, ainda em mim. Os dentes sorrindo da moça bonita continuam a doer em meus olhos.

Agora? A banda passa com seus taróis, caixas, flautins. Moça bonita com os dentes à mostra olha pra mim. A chuva cai. Misturado à multidão, eu. Sou um, mil, ninguém. Alguém dentro de mim quer retribuir o gesto. Sentir as ancas mexerem como o rapaz na minha frente, puro músculo e osso, torcendo ao sol do ritmo. Dentro de mim, alguém fora de lugar. Ele que volta sozinho, margeando o canal, com a derrota da madrugada.

A banda passa novamente. Onde vão? Fico aqui? Um homem me pede um cigarro. Não fumo, não me desculpo. Só aspiro a fumaça da vida alheia. Não me desculpo. Deveria? Dez anos se passaram desde que cheguei, apenas para me descobrir, como agora, um homem parado na esquina, num vácuo de tempo que já passou. Deparo fantasmas?

Uma velha amiga. Me beija com o bloco animado, os tambores ecoam dentro de nós. O beijo tem o sabor do exílio narrado por um escritor: manga madura trazida no fundo de navio. A primeira mordida é doce e lembra que somos jovens. A segunda traz a marca do guardado, e nos tornamos responsáveis. A terceira é mofo e algum bolor: nos olhamos no espelho do outro. A amiga me fita distante. Eu sabia quem ela era dez anos atrás. E hoje? O que nós somos? Onde estamos, tantos anos depois? Fora de lugar num carnaval fora de época. Olho a moça dos flautins enquanto beijo a amiga que soçobra, como eu, na memória.

Andar. Andar. Andar.

Um homem em janeiro, parado numa esquina do mundo, sem saber que passo dar. E se olhar para trás? É tudo o que tenho feito, além de perseguir rastros sulcados na areia.

***

Tudo que me seduz é vida, grita a moça batendo caixa à minha frente. Acompanho seus movimentos e tenho sede, vontade, desejo ser. Vou ou não? Será a estória a mesma? Um homem procurando um sentido, parado no meio da vida, observando os outros passarem. Boxeado por suas lembranças e arrependido. Se for este roteiro nada original, já sabemos onde a estória dará, e mesmo agora, sob o sol, a tarde parece uma fotografia amarelada em preto e branco.

***

Dois que são um. Pelo menos tentam. Dentro de mim, eles se agridem, se sabotam. Nunca estão plenamente satisfeitos com coisa alguma. Um quer sair, outro restar. Este chá, aquele café. Um faz planos infalíveis, outro se esforça para errar. No meio do caminho, eu. Sou duas partes que não se completam, dois meios sem um fim.

Sinto cheiro de café e de voz cantarolando. Ouço passos. A moça dos flautins, na soleira da porta, oferece uma xícara. Seu corpo jovem, lindo, uns dez anos mais bonito que o meu, cuja idade galopa como uma doença terminal. Oferece um sorriso fumegante, esfumaçado numa velha camiseta minha de dormir, revelando muito de suas formas com os primeiros raios da manhã. Ela e seus cabelos negros, longos, seu cheiro bom de banho fresco, seus gestos rápidos e tímidos, calculados. Ela. Recostada no batente da minha porta, ancas largas comprimidas entre a madeira e o gesto que me faz pensar sobre toda a minha vida. Sempre a mesma estória, em janeiro, março, abril, setembro?

***

Anna. Os ennes se dobram, segundo ela, por conta avó, que quis assim. Alguma estrela de cinema a homenagear. Quem contrariaria a velha matriarca? As mulheres sempre foram mais fortes em sua família, me conta sorrindo, enquanto passeamos pela avenida. Anna, pouco mais baixa que eu, o suficiente para que consiga olhá-la de cima, aconchegada ao meu ombro. Já tem cabelos brancos. Não a incomoda, nem a mim. Gosto de cheirar sua nuca. Fumo delicado e frescura da manhã. Carrega sempre seu flautim, sempre com vontade de tocar, não apenas na orquestra. Faz o que tem vontade, como agora, interrompendo nosso passeio, parando diante de um negro que toca saxofone no metrô. Acompanha com o flautim. O clichê vira uma reunião. Em pouco tempo junta-se um grupo; eles tocam duas, três músicas, olhares trocados, cúmplices.

Sem mais, Anna para no meio de um solo do negro, guarda seu flautim, sorri, me abraça e diz para irmos embora. O saxofonista, a plateia e eu ficamos sem saber o que pensar. Acham que a culpa é minha. Anna me abraça mais forte. Nada a dizer.

No café: o que foi aquilo? *Começou a ser espetáculo, deixou de ser vida*. Simples assim, ela olha a paisagem, sorvendo-a pela janela. Alguma coisa se quebrou, rachou num instante indefinido de semitons. Quando a vida deixa de ser um espetáculo? Não ouso perguntar.

***

Curiosa, quer saber o que vivo. Não o que faço pra viver, que ela vê as estantes, os livros, os quadros, discos e deduz. Mas o que eu vivo hoje? Agora. Anna... Por enquanto, o que posso dizer? Vivo você. Era o que queria ouvir? Sorri. E eu nem sei dizer se por ter gostado ou por pena. Anna, sem mais, me olha grande e demoradamente. John Coltrane toca *Giant Steps* nalgum canto da sala. Ao som do solo interminável da oração ao sax, o amor. Eu vivo você, agora. Não canso de dizer isso enquanto nos tocamos e nos descobrimos em reentrâncias. Sei lá, sem saber nem ao menos por que, como duas crianças que começam a brincar, sentando-se lado a lado: esquecemos de nos apresentar. "Eu sou um homem em janeiro, que gostei de você quando a vi flutuar com seu flautim". "Eu sou Anna B., gosto de você por que vivo você, porque te vi entre sombras da tarde, e você parecia me ouvir". E isso é tudo o que precisamos saber ao fim de um solo, estendidos, úmidos de gozos, no tapete da sala.

***

Dia, noite. Tudo é intervalo entre eu e você. Trabalho na universidade, a vida cabisbaixa. O ensaio da orquestra, as apresentações oficiais. Nossas fotos nos jornais, resenhas, livros, notas nas seções especializadas. Tudo é um turbilhão em surdina, sempre aquém. Sempre esse quase lá, esse podia ser. Sabe?

Julius Cannonball Adderley, em 1958, assinou um álbum chamado *Something Else* absolutamente fabuloso. Era sua grande chance como líder do próprio conjunto de jazz. Ele chamava seus amigos para tocar, entre eles, seu antigo mentor, Miles Davis. O disco é perfeito. Mas com Miles ele deixa de ser de Cannonball.

A polícia militar guarda seus cavalos na marquise da estação central. Chuva cai, os animais relincham, resfolegam, esfumaçam o calor de seus corpos no frio. Os policiais riem. Cagam nos mendigos que dormem logo abaixo. Alguns infelizes usam o estrume quente de travesseiro. E outros, como eu, que caminham apressados entre os pingos da chuva, as baionetas fálicas dos soldados, os olhos esbugalhados dos animais e os mendigos em sonhos fétidos, desviam do caminho, para chegar logo à estação e aguardar o próximo trem. Mas eu ouço e penso em Cannonball, enquanto isso. O que me faz diferente, Anna B.?

Na estação central, o rodopio dos corpos, o zumbizeiro de vozes, sons, anúncios, gritos. Restos de conversas, pedaços de vida, fantasmas de gente e tristezas em explosão. Algo está sempre para acontecer. O encontro dos corpos, bater-se contínuo de braços e serpenteio dos passos. Pedidos, súplicas, anseios. Belezas. Visões fugazes de quem não se encontrará jamais ou quase sempre. Indo pra onde, vindo de que banda?

Não sou nada, Anna B. Lembra do poema? Não sou nada, por um momento quero ser e viver você. Perdido nessas ondas contínuas, sou apenas um homem negro em janeiro, tanto quanto Cannonball em 1958, tocando e vivendo em contraponto. Mas e daí? Faria alguma diferença uma alternativa a isso? Outros, diferentes de mim, que sobem aos palcos armados, que participam de entrevistas, andam engravatados discutindo o futuro mundial, singram os salões e antessalas, também não dizem nada relevante, nada falam aos mendigos que usam o estrume de travesseiro nas marquises, nada à altura do mundo serpente da plataforma do trem. Muito movimento, barulho e desperdício de tempo, Anna B. Mundo barulhento em silêncio demais.

***

Pela manhã, cansou-se o espanto ante a desarrumação de minha mesa. Meus livros, marcadores, lápis cuidadosamente apontados, marca textos, borrachas, canetas, computador. Os textos por acabar, aguardando remendos. Jornais recortados, relógios automáticos, calendário, livros entreabertos. Mundo devassado pelo vendaval de mãos e pernas de nossas roupas espalhadas na cadeira, nas gavetas. Calcinha no aparador, camisa num canto qualquer. Os rascunhos pelo chão, a mesa que você queria limpa à fúria do sexo em estado bruto, fertilizando o tampo de madeira polida, a marca de minha boca na sua bunda, de nossa mancha de suor sobre o verniz. O seu perfume impregnando as páginas ainda a ser lidas. Nosso gozo na tela do computador. O gosto de suas pernas, conservado na quina da mesa. Pela manhã, sempre se sabe que esteve aqui Anna B., e que meu mundo, mais uma vez, esteve desfeito.

***

Aos domingos, padeço. Não me dou bem, não me quero bem. Chato, desagradável. Horrível comigo. Me incomodo com as sombras e o frio, mas não quero ver nem sentir sol. Não gosto de silêncio nem quero bater à porta do vizinho ou ouvir gente. Ligo a lavadora, gosto dela. Gosto de vê-la se encher, de seu som. Aos domingos, minha melhor amiga é uma máquina de lavar roupas, que faz sala aos meus pensamentos, arranca as marcas da minha semana. Boas ou ruins, que importa? A lavadora mostra, de certa maneira impiedosa, um certo fluxo da vida.

Sou estranho. Sou?

Aos domingos, padeço. Já disse. Padeço da mesma solidão de minha mãe vivendo junto de meu pai. E de meu pai, com sua amante dez anos mais jovem e cinco anos mais culta que minha mãe. Da mesma solidão de meu irmão, morando na casa onde nascemos. Padeço disso e de tudo um pouco. De antecipar notícias. De mim. Padeço de querer construir uma frase bonita para um estado de espírito que, francamente, eu sei: inexplicável. E sobre o qual, pouco mais tenho a dizer que isso.

***

Vida é acessório. É intervalo entre uma coisa e outra, entre a covardia e algo realmente importante. Este momento, de vazio e precipício a pular, é a vida, é o todo dia, é o que fazemos de nós, geralmente algo pouco original, repetitivo, sem muitas perguntas. Algo que nos deixa orgulhosos, certamente, porque vai, renova, exercita o salto e… é isso. E, de muito perto ou de muito longe, parece ser algo extremamente importante, bastante original, que vai ter algum significado – ou melhor, já tem. Mas é isso e apenas isso. *Falhar melhor*, me diz o velho escritor rabugento. Este acessório, esse dispositivo, esse isso que discutimos com unhas e dentes nos almoços de domingos, que procuramos encontrar, reconfortar, reafirmar sob a autoridade de algum deus, entidade, chefe, *pater*, *pattern*, partido. É este isso que, na maioria das vezes, não ultrapassa um poema de Leminski: *la vie, en close, c'est une autre chose. c'est lui, c'est moi, c'est ça. c'est la vie de chose qui na pas de choix.*

***

Se a vida é acessório, escrever não pode ser um exercício de estilo, como acabo de fazer para te tranquilizar que, sim, meu bem, ainda sou aquele que você conheceu e de quem gostava. É este acessório, este exercício de repetição, essa rebeldia controlada das pequenas tolices subcutâneas, de que não precisas. É isto um homem em janeiro, abril, setembro. E principalmente em dezembro. É este intervalo, Anna B., com grandes perguntas tolas. Este exercício senil de estilo.

Depois de pensar em te dizer tudo isso, vou dormir. Eu que vampiro as existências, que procuro teu corpo nos anúncios de jornais. Teu corpo já distante, afastando-se como uma flauta flutuante pela rua. Eu que disse: Te espero, estou aqui, vou te esperar. Eu, que você teve de ensinar que o desejo não pode ser uma carta compromisso, uma caderneta de cobrança, carta promissória na mão, dia marcado, mês para pagar.

***

Acaricio Lurdinha pela manhã e digo-lhe coisas, fantasio

outras que já escuta há mais de uma década. Não sei se acredita, mas bafeja algo cadenciado e quente – como sempre. Me entrega o café. Eis a constância do amor das máquinas.

***

Uma e quinze da manhã e eis um rosto colorido pelas imagens de um televisor numa casa escura. A madrugada me mostra que um velho japonês tem um cachecol igual ao que você me deu dizendo que era único, com suas listras pretas, brancas e vermelhas. Acreditei, rimos, tomamos café. A memória me traz o frescor de suas coxas impulsionando a bicicleta sob a chuva num dia qualquer, com o cachecol que supostamente era meu. Agora não para de chover, e o que se tem aqui é bolor, mofo, cheiro de velho e guardado do cachecol no fundo de uma gaveta, adormecido. Ele revive, envolvendo o pescoço flácido de um japonês tremeluzente em Tóquio.

Uma e quinze da manhã e o frescor de suas coxas é, senão grito, raiva, desespero no fundo de algum canto da minha memória com chuva. Esses pingos frios que molham minha face estática em janeiro, pintada pelos borrões que jorram do televisor.

Anna B. de bicicleta com cachecol de listras pretas, vermelhas, amarelas, rodopiando em Tóquio nas telas de televisores de uma loja com um velho japonês de atendente. Eu, me abrigando da chuva sob a marquise. observo sua imagem igual em vinte aparelhos.

Adormeço e espero não acordar nunca mais.

***

Prometi. Prometemos. Foi dito algo há alguns anos à mesa

de um hotel barato em Lisboa. O casal de amigos foi testemunha. Brindamos. Noivos. Prometi, prometemos. Eu não cumpri. E desde então vivemos nesta prisão de silêncios, de olhares dardejantes na nossa câmara ardente diária.

Alguma coisa se rasga na superfície dos olhos ao contemplar a noite longamente. Alguma coisa se parte, se quebra e nos deixa estáticos, estatelados diante do silêncio ensurdecedor, vazio. É o pano de fundo dos arrependimentos, das frases entrecortadas, das covardias e abortos de si. É este o contemplar da noite, quente e atípica, de um abril escuro, que busca se preencher com algo depois de mais fracasso ou ausência de vontade de dar um passo adiante. É esta busca no pano de fundo escuro que nada revela, que só pode ser interrompida pelo som de alguma janela deixando escapar Alice Coltrane, tocando qualquer coisa parecida a cacos de vidro se partindo, me cortando e recordando no rasgar da íris.

A dor só se preenche com mais dor. E a noite com mais noite. O que vem pela frente é dissolvido no escorrer quente debaixo do chuveiro. E o silêncio, sempre o silêncio, esperando lá fora. A memória é um açoite.

***

É esta fotografia. O seu volteio no ar, num giro de saia, braços, pernas fortes e flautim. Um giro de sons congelados no vento. Um sorriso e seus dentes brancos cravados no tempo. Tenho a impressão de que olhava para mim. Se não, importa o instante. Eu procurava os seus olhos e guardei o momento de seu volteio, no vazio em que seus desejos cruzaram com os meus. Você, Anna B., sempre sorria e se espantava quando eu pedia para penetrá-la com esta fotografia entre nós, sobre seus peitos balouçantes. Esta fotografia do instante nosso, que adormece no fundo dos nossos olhos, se amarelou com o tempo de nossos suspiros, se encharcou com nossos suores. E azedou. Esta fotografia que estou *por supuesto*, como você gostava de dizer, sempre. Ela, tirada num janeiro de já tanto tempo, numa esquina do mundo, de águas tão passadas. De vontades represadas, embaçadas no vidro do carro, numa noite de despedida chuvosa em que poderíamos nos ter dito tanto e recomeçado de um ponto dez anos atrás. Esta fotografia que ficou no lugar das palavras que você deixou sobre o banco, que eu rasguei e colei e refiz e remontei tantas vezes depois, ao meu jeito, mas de modo que você sempre estivesse lá, Anna B., sendo vista por um homem em janeiro, parado num instante de intervalo do mundo, um que ele parecia ter estacado por você.

Flautim. Tambor. Tons de baixo contínuo. Volteios.

É pena a vida não ter trilha sonora.

Esta obra foi composta em Arno pro light 13,
e impressa em papel pólen soft 80 na RENOVAGRAF,
para a Editora Malê, em agosto de 2022.